双葉文庫

大富豪同心

天狗小僧

幡大介

目次

この作品は双葉文庫のために書き下ろされました。

天狗小僧　大富豪同心

序章

一

捨て鐘が三回撞《つ》かれ、続いて時の鐘が九回撞かれた。

暁九ツ（午前零時）だ。深夜もいいところである。南町奉行所同心、玉木《たまき》弥之《やの》助《すけ》は神田の町中に建つ火の見櫓《やぐら》の上に座って、冷たい夜風に吹かれていた。月明かりの下、深夜の江戸市中が広がっている。江戸の建物は平屋かせいぜいが二階家なので、はるか千代田のお城の石垣や、上野のお山の寛永寺《かんえいじ》まで一望にできた。

真夜中だから当然だが、まったくなんの物音もしない。町全体が不気味に静まり返っている。北の夜空にボンヤリと霞む灯火は吉原だろうか。さすがは不夜城と謳《うた》われただけのことはあるが、管弦の音までは聞こえてはこなかった。

玉木弥之助は「フワアアッ」と大きなあくびをした。ついでにブビッと屁をひった。

退屈である。ひたすら暇だ。読本でも持ってくれば良かったか、などと思ったが、この暗がりでは本など読めるはずもない。

「こんな形《なり》で、朝まで張り込んでなくちゃならねぇのか」

櫓の狭い板敷きにゴロリと横たわる。板敷きは土埃《つちぼこり》で汚れていたが、今はただ全身がだるく、身体を横にしたくてたまらなかった。

狸のような愛嬌《あいきょう》のある丸顔に、ぽっちゃりと膨らんだ腹。狸の置物を横に倒した姿にそっくりだ。江戸の市中に目を光らせ、悪党どもに睨《にら》みを利かせる町方同心の威厳や凄《すご》みなど、まったく感じさせない顔つきと体型である。

弥之助は三十代の半ば、町奉行所では中堅といった年格好で、定町廻の掛《かかり》に就いている。辣腕《らつわん》同心として知られた父親の七光で、このお役に就いたのだが、本人は至って無能である。道楽者で怠け者の母親にそっくり似てしまった。

いずれそのうちお役を解かれて、高積《たかづみ》見廻とか、療養所見廻などの閑職に回されるのだろうと目されている。

言うまでもないが本人は、「俺が活躍するのはこれからだ」と思っている。今はツキに恵まれていないだけで、いずれは大手柄を立てて、南町に玉木弥之助ありと謳われるような大物同心になるのだ、と、根拠もなしに信じていた。

だが、こんな夜中に張り込みなどさせられていると、「今頃、高積見廻や療養所見廻の連中はあったかい布団で寝ているんだろうなあ」などと思い、気楽なお役で羨《うらや》ましい、なにも出世だけが人の生きる道ではない、おいらものんびりと過ごせるお役に替えてもらおうかなあ、などと考えたりもするのである。

定町廻は奉行所きっての能吏が就く掛で、他の同心の羨望《せんぼう》の的。町人からの賄《わい》賂《ろ》も多くて暮らし向きも裕福だ。なりたくたってなれるものではない。

しかし、父親の根回しで掛に就いた弥之助は、自分で努力していないから、この掛にそれほどの執着はなかった。父親が聞いたら悲憤のあまりに腹でも切ってしまいそうだが、それが本心なのである。

確かに、定町廻という仕事は、職の重さと賄賂の額に比例して相応の能力と努力を同心に要求する。今も玉木弥之助の同僚たちは江戸の市中を荒らす盗賊どもを捕縛するべく、夜分にもかかわらず走り回っているはずだ。

それに比べれば火の見櫓の上で見張っているだけ、なんてのは気楽な仕事であるはずだ。

弥之助はもう一回あくびをすると、腕枕をして本格的に寝入る体勢に入ってしまった。

うつらうつらとしていると、どこからか、不快な音が聞こえてきた。

「うるさいなぁ……」

顔の近くで蚊が飛んでいるのかと思い、手を振ったが、音は一向に止む気配がない。それどころか、断続的に繰り返しながら、弥之助のほうに近づいてきた。

呑気者《のんきもの》の弥之助も、さすがにハッとして飛び起きた。

「呼子笛だ！」

立ち上がって目を向けると、高張提灯《ちょうちん》が押し寄せてくるのが見えた。南町奉行所の文字が墨書されている。

いきなり眠気が吹っ飛んだ。弥之助は三つ紋付き黒羽織の紐を締め直し、帯に差さった十手を抜いて、構えた右腕をグッと突き出し、左手で袖を捲《ま》くり上げた。誰も見ていないのに、芝居者のように大見得を切る。

「来やがれ、霞《かすみ》ノ小源太《こげんた》一党め！　この玉木弥之助がお縄にしてくれる！」

二

闇の中を黒装束の一団が駆け抜けていく。

盗んだ小判を袋に入れてそれぞれ肩から下げている。安永《あんえい》当時に流通していた元文《げんぶん》小判の重さは十四グラム。千両で十四キロ。現代人の感覚では重量物に思えるが、江戸時代の人間にとっては、それほど重い荷物ではない。

江戸時代の男は米一俵（六十キロ）を担いで歩くことができなければ小作人として雇ってもらうことすらできない。米問屋の荷揚げ人足にすらなれないのだ。

それに比べれば軽いもの。さらに小分けにすれば持ち運びに苦労はしない。

黒装束の男たちは飛ぶように夜道を疾駆《しっく》する。天水桶に足を掛けて軽々と屋根まで飛び上がり、隣町の長屋の屋根に飛び移った。

続いて、「御用だ御用だ」とお決まりの叫び声が聞こえてきた。十手を手にした町奉行所の同心と、提灯や刺股《さすまた》、袖搦《そでがらみ》などを抱えた捕り方がやってくる。

先頭に立っているのは南町奉行所定町廻の筆頭同心、村田銕三郎《むらたてつさぶろう》だ。鎖帷子《くさりかたびら》の上に白衣《びゃくえ》（白い小袖）を着て、裾は陣端折《じんばしょ》りにしている。白鉢巻きにたすき掛け。腰には刃引きの刀を一本差し、足袋に草鞋《わらじ》履きの厳《いか》めしい姿だ。

「お前らは向こうに回り込め！　挟み打ちにして追い込むぞ！」

十手をかざして同心たちや捕り方を指図する。「ハッ」と答えた配下の同心が一隊を率いて、隣町の長屋の木戸に駆け込んで行った。

「お前らは俺について来い！」

残りの同心と捕り方を引き連れ、黒装束どもの後を追って走り出した。

「野郎ッ、霞の一党め！　今夜こそ、お縄にしてくれる！」

ギリギリッと歯を噛み鳴らして突進する。

「あっちへ行った」だの「こっちへ来た」だの、捕り方たちの叫び声が聞こえてくる。それを頼りに勘を巡らせ先回りする。

それにしても暗い。捕り方たちは細い路地を突破しようと試みたが、裏店《うらだな》の軒下に出された桶や木箱に蹴躓《けつまず》いた。あるいは貧乏長屋を突っ切ろうとして、どぶ板を踏み抜いて転倒した。

江戸の町には街灯はない。月明かりは裏路地までは射し込まない。どこもかしこも漆黒《しっこく》の闇だ。

村田銕三郎は切歯扼腕《せっしやくわん》した。

「ちっくしょう！　霞の一党め！」

よほどに夜目が利くのか、それともこの一帯の地形を諳《そら》じているのか。悪党どもは迷路のような町人地を素早く駆け抜けて捕り方を翻弄《ほんろう》している。

霞の一党は町から町へ易々《やすやす》と移動し、奉行所が張った薄い警戒線を突破した。

江戸には木戸というものがあり、木戸番という者が常駐しているのだが、なんと木戸には肝心の扉がない。

二代将軍秀忠《ひでただ》の頃には、確かに木戸には扉があって夜中には道を封鎖していた。番小屋の『番』は現代語に訳すると隊員であろうか。徳川家が誇る精鋭の番たちが槍を片手に警備していた。

だが、明暦《めいれき》の大火の後、延焼除《よ》けのために小路の道幅が十間（十八メートル）に拡張されると、戸を閉めようにも閉めることが不可能になった。鉄のレールを敷設して鉄の門扉でも使わぬことには、この道幅は封鎖できない。また、天下太平になると番も町人に取って代わられた。それらの理由で赤穂《あこう》浪士は吉良《きら》邸まで歩いて行くことができたのである。木戸と番が守っていたなら、四十七人の浪人ぐらい、駆けつけてきた徳川軍に寄ってたかって殺されてしまったであろう。

「ここが木戸だ」という印は立っているが、それは「ここから先が○○町」という範囲を示す標示杭でしかない。木戸と木戸番はかつて江戸が軍事都市だった頃の、名残の遺跡と化していたのだ。

二手に分かれた捕り方たちは、新石町《しんこくちょう》の小路で再び合流した。だいぶ数が減っている。まだ格闘もしていないのに、額にこぶを作ったり、手足を擦りむいている者もいた。

だが、その甲斐《かい》あって盗人一味を追い込むことができたようだ。村田銕三郎は十分な手応えを感じていた。

「あっ、来たッ、来たッ」

火の見櫓の上で玉木弥之助が狸顔の、目尻の垂れた眼《まなこ》を見開いた。黒装束の一団がこっちに向かって逃げてくる。

「そうだ、合図を送らなくちゃな」

玉木は種火を出して空中で勢いよく振った。

玉木の合図を村田銕三郎ははっきりと見た。狙い違《たが》わず盗人一味を所定の場所に追い込むことができたようだ。

「ようし、このまま一気に押せッ」

新石町の反対側では、同心、尾上伸平《おがみしんぺい》らが率いる別動隊が待ち構えているはずだ。無駄に大騒ぎをして追い回していたのではない。霞ノ小源太一党は村田が仕掛けた罠にすっぽりと嵌《は》まった。普段は苦み走った顰《しか》め面《つら》を崩さぬ村田も、思わず「うふっ」と口元を綻《ほころ》ばせてしまった。

玉木の合図を尾上伸平も目撃した。町の反対側からは、村田たち捕り方があげる喚声が聞こえてくる。玉木の観測が正しければ、自分たちと村田たちの間に霞の一党がいるはずだ。

尾上はブルッと胴震いした。丹田《たんでん》に力を込めて腰帯の位置を直すと、

「龕灯《がんどう》に火をつけろ！、高張提灯を掲げろ！」

と、捕り方たちに命令した。

南町奉行所の文字が書かれた提灯が夜空に上がる。尾上は十手をビュッと突き出して、「行けッ！」と叫んだ。息を潜めていた捕り方たちが一斉に「御用だ御用だ」と叫び始める。呼子笛の甲高《かんだか》い音が夜空に響いた。

捕り方の叫び声が火の見櫓の上まで聞こえてきた。

「ようし、来やがったな霞ノ小源太一党め！」

弥之助はプヨプヨと弛《ゆる》んだ丸顔をキッと引き締めた。

もう見張りは終わったのだから、火の見櫓を降りてもいい。霞の一党は今、自分の足元にいるはずだ。ここで飛び込んでいけば大手柄を立てる絶好の機会である。

そうとはわかっているのだが、玉木弥之助は火の見櫓から降りようとしない。長屋の屋根越しに見える御用提灯が、右に行ったり、左に行ったりするのを見ているだけだ。

今飛び下りたら、単身、盗人たちのど真ん中に降り立つことになる。それが怖い。

「まだよ、まだまだ。もっと、もっと引き寄せてからだ。焦《あせ》るなー、焦っても良いことは何もないぞー」

自分に言い聞かせているのか、それとも言い訳しているのか、手にした十手を震わせながら、玉木弥之助はボソボソと呟《つぶや》いている。

村田の組と尾上の組は「御用だ御用だ」と喚《わめ》きたてながら押し寄せていった。

ついに二組の捕り方が、神田の真ん中で鉢合わせした。

「御用だ！」

と互いに十手を突きつける。突きつけたところで、呆然《ぼうぜん》と馬鹿面を見合わせた。

「盗人は！」

村田が絶叫した。

「こっちも、盗人一味を追いかけていたところで」

尾上が答えると、村田鋏三郎は激怒した。

「ばっか野郎！　だったらどうして賊の姿が見えないんだ！　手前《てめ》ェ！　うかうかして見逃したんじゃねぇのか！」

「まさかそんなことは――。たしかにそっちに追い込みました」

「だったらどうして賊の姿が見えねェんだ！」

村田も動揺しているらしく、何度も同じ言葉を叫び散らした。

「とにかく探せッ！　この近くに潜んでいやがるはずだッ」

網を絞って追い込んだはずが、獲物は網の中にいなかった。村田は再び捕り方たちを四方に散らせたが、もはや手遅れであることは、実感していた。

玉木は火の見櫓の上に立ち、

「さあこい霞ノ小源太め。悔《くや》しかったらここまで登ってきやがれ。それともこの玉木様が恐ろしいか」

などと意味不明の言葉を口走っている。

江戸の町は闇に閉ざされた。玉木の目には最初から最後まで、曲者《くせもの》の姿は捉えられていなかった。

第一章　天狗小僧参上

一

「神隠しだぁ？」

南町奉行所、定町廻の筆頭同心、村田鋏三郎は心底から呆《あき》れ返った顔つきで怒声を張りあげた。

「そりゃあ、いったいどういう話だよ」

村田の前には尾上伸平ともう一人、町役人《ちょうやくにん》の老人がいる。南町奉行所の同心番所で、平土間に尾上と老人が立ち、板の間の上に村田鋏三郎が立っている。

尾上伸平は頭ごなしに怒鳴りつけられ、目玉を白黒とさせていたが、ようやく口を開いた。

「どういう話かと仰《おつしや》られましても、そのぅ、神隠しは神隠しなんでして」

「やい、尾上！　手前《てめ》ェ、今の奉行所が霞の一党の召し捕りでおおわらわなのを知っているだろう！　神隠しなんぞに関わってる暇があるかどうか、手前ェも町奉行所の同心なら、手前ェの頭で判断できるだろうが！」

「しかし、そのぅ、放置しておくのもいかがなものかと思いましたもので……」

アワアワとうろたえきった声を絞りだしてから、肘で隣の町役人をつついた。

「お前の口から申し上げろ」と老人の耳元で囁《ささや》いた。

町役人の老人は、筆頭同心の苦み走った鋭い眼光で睨《にら》み付けられ、心底震え上がっている。

町役人というのは、町人地の自治を管轄する役人のことで、役人とはいえ、身分は町人である。江戸の町人地は、町年寄の三家（奈良屋、樽屋、喜多村屋）と、町を管轄する町名主、町名主の下で長屋の店子《たなこ》を差配する家主や長屋の大家によって管理されている。

町年寄は言わば、町人世界の殿様である。町名主は各郷村を支配する代官。地主や大家は代官所の下役人だと考えられる。

町年寄三家は偉い。徳川家康に直々に任命された家で、もともとは直参旗本だったりする。苗字帯刀、駕籠《かご》も許され、将軍に御目見得もできる。町人だからといって馬鹿にはできない。町奉行所の与力や同心などより遥かに高い格式を誇っていた。

一方、尾上が引き連れてきたのは家主である。彼らは数名で組を作って、一ヵ月交代で番所に詰めて町の自治を担当する。これを月行事《がちぎょうじ》という。裃《かみしも》の着用も許され、町奉行にも面会できる。町人としては、かなりの格式といえた。

とはいえ、いずれにせよ町人身分であるし、もともとが長屋の家主、地主程度の身分であるから権力者というほどでもない。

「いえ、その、たいした話じゃございませんので、それではこれで、お騒がせいたしました」

老人はヘコヘコと頭を下げながら後ずさりして帰ろうとした。

「待てィ！」

村田銕三郎がさらに怒声を放った。

「たいした話じゃないにせよ、奉行所まで足を運んで来たんだ、一度はどうでも報告しなきゃならねぇと思ったんだろうが。聞いてやろうじゃねぇか。オウ、話してみねぇ」

話を聞くなら最初から穏やかに聞けば良いのに、とにもかくにも一度は相手をどやしつけてやらねば気が済まないのが村田銕三郎という男である。また、こうして目を怒らせていることが、同心の威厳を保つ秘訣だと思い込んでもいるらしい。

老人は富平《とみへい》と名乗った。緊張と恐怖で舌が回らなくなっており、話の前後も脈絡もめちゃくちゃだったが、村田はこれでも筆頭同心。立場に相応《ふさわ》しい切れ者なので、頭の中で話をつなぎ合わせて理解した。

「なるほどな。確かに、うっちゃってはおけねぇようだが、しかし、奉行所でかかわるほどの話でもねぇようだな」

「ハァ、一応ご報告まで、と思いましたもので」

富平は手拭いで汗をぬぐった。

騒動が起こって奉行所に報告しないと後で面倒なことになりかねない。報告、連絡、相談は、いつの世でも必須である。

「おう、わかった。おいらの腹の内に収めたぜ」

村田銕三郎が立ち上がろうとすると、富平が慌てて取りすがってきた。

「あのう、どなたかの御検分をいただけないものかと」

「検分だァ？　なんだ、そんな騒ぎになっているのか」

「はぁ、御検分を賜れば、なにかと心強いかと」

出役してきた役人にすべての責任を預けてしまいたい、という腹の内のようだ。つまりそれは、町役人が叱ったぐらいでは収拾のつかない騒動になっている、ということを意味していた。

「仕方ねぇなぁ」

村田はこれ見よがしに舌打ちした。今の町奉行所は、余計な事件に人手を割ける状態ではない。

「……ハチマキに行かせるか。おう、ハチマキに行かせよう」

仕事らしい仕事は任せられない見習いの、さらに、何を考えているのかさっぱりわからぬ唐変木《とうへんぼく》だ。

「あいつなら、こういう仕事がピッタリだろうぜ」

と、そういうことになった。

二

八巻卯之吉《やまきうのきち》は町役人の富平に引き連れられて、彼の差配する因幡町《いなばちょう》に向かった。

背後には銀八《ぎんぱち》が従っている。一見したところ同心配下の岡っ引き、という風情なのだが、銀八は頭のてっぺんから足の爪先まで幇間《ほうかん》である。髷《まげ》はふざけた形に結ってあるし、歩き方もヒョコヒョコと滑稽だ。顔つきも岡っ引きらしい緊張感はまったくない。

それを言えば卯之吉だって、同心らしさはまったくない。

ほっそりとした痩《や》せぎすの体型で、腰に差した刀の重さに振り回されているような歩き方をする。しゃなりしゃなりとした足の運びは、小粋《こいき》なんだか気色悪いんだか判断に困る。三つ紋付きの黒羽織を巻羽織という独特の着付けにしているから同心だと見分けがつくが、その顔つきは良く言えば春風駘蕩《しゅんぷうたいとう》、悪く言えば締まりなく弛《ゆる》みきっていて、同心らしい威風などはまったく感じられないのだ。

なんとも不思議な三人連れである。道行く人たちから訝《いぶか》しげな視線を浴びせられながら三人は、ようやく問題の油問屋、白滝屋《しらたきや》の店先に到着した。

「ほう、これは大層な騒ぎだねぇ」

店の前の通りには大勢の人垣ができている。老若男女が集まってヤイノヤイノとわめきながら押し合いへし合いしていた。

「へい、面目ない次第で……」

富平が恐縮しきって低頭した。町人の自治は町役人に任されているのに、手に負えなくなって町奉行所に助けを求めた。これは町役人にとっては、かなり恥ずかしい事態である。

と、その時、

「八巻の旦那じゃあござんせんか」

貫禄のある塩辛声がどこからともなく聞こえてきた。

歳の頃は五十歳ほどの俠客が立っている。葡萄茶《ぶどうちゃ》の地に黒縞の小袖を黒帯で締め、夏物の羽織を渋く着こなしている。背後には『荒海《あらうみ》』と文字の入った印半纏《しるしばんてん》を着けた強面《こわもて》の男衆を従えていた。

「あれ？　荒海の親分さんじゃないか」

「へい、三右衛門《さんえもん》で」

三右衛門は低頭し、ニヤリと乱杙歯《らんぐいば》を剝《む》き出しにして笑った。凶悪な面相だが、これでも愛想のつもりであった。

荒海ノ三右衛門は赤坂新町《あかさかしんまち》に一家を構える俠客である。その名を聞けば泣く子も黙る大親分だ。こんな男に笑いかけられたりしたら、普通の人間ならかえって恐怖に震えてしまうであろうが卯之吉は平然としている。まったくの無神経で、社会通念が欠如していて、なにも考えていない性格だからなのだが、傍目《はため》には、たいした貫禄の持主に見えなくもない。実際に町役人の富平がびっくり仰天して見守っている。

三右衛門はあらためて深々と頭を下げた。

「旦那のお陰で琴之丞《ことのじょう》殺しの嫌疑が晴れやした。御礼申し上げやす」

背後に控えた強面の男衆が声を揃えて一斉に、「ありがとうごぜえやした」と野太い声音で唱和した。

この夏の初め、宮地芝居の琴之丞という役者が殺害されるという事件があった。この時たまたま、荒海一家は琴之丞を傘下に引き抜こうと図っている最中で、荒海ノ三右衛門にも強い疑いがかけられていたのである。

卯之吉の推理が図に当たり、三右衛門の嫌疑は晴らされた。その過程で三右衛門と荒海一家も、真犯人の毬ヶ谷英之進《まりがやつえいのしん》、中村桃十郎《なかむらとうじゅうろう》、黒雲《くろくも》一家の代貸、蕨《わらび》ノ長七《ちょうしち》を捕縛するために活躍したのだ。

卯之吉は慌てた。

「よ、よしておくれな。あたしは何もしちゃいないよ」

顔を真っ赤にして両手を突き出して振った。

「そ、それより、今日はなんの御用なんだい？」

「へい」

三右衛門は顔を上げ、厳《いか》めしい視線をギロリと白滝屋の騒動に向けた。

「あの店にゃあ、下働きの娘っ子らを何人か都合つけたもんで。あんな騒ぎになっちまって娘っ子らが難儀しちゃいねえだろうかと、憚《はばか》りながら心配いたしやしてね。ちょっくら覗きに来たんでさぁ」

荒海一家はいくつかの表稼業を持っていたが、口入れ屋もその一つである。人足や下女などを斡旋して仲介料を取る。人足や下女の身になって奉公先と掛け合ったり、人足や下女の不始末を詫《わ》びるため頭を下げたり、損料を自腹で払ったりと、なかなかに骨の折れる仕事である。こんな仕事をまっ正直にやっているというだけで、三右衛門という人間の男気が偲《しの》ばれる。

「へえ。荒海の親分さんも一枚嚙んでいたんだ。これは奇遇だねぇ」

「三右衛門で。どうぞ、呼び捨てになさってくだせえ」

いつもいつも、こういうやりとりになるのだが、卯之吉はまだ、自分が同心サマなのだという実感がまったくない。

「それはそうと、いったい、何が起こったんだぇ？」

「面目ねぇ話でやすが、あっしにもまだ、よくは摑《つか》めていねぇんで」

そのとき突然、喚声が湧き上がった。

「天狗《てんぐ》小僧！」

「待ってました！」

調子のいい声がかかる。娘たちも黄色い歓声を張りあげる。

「きゃあーッ」

「七之助《しちのすけ》さんよーっ！」

まるっきり芝居の人気役者だ。暖簾《のれん》の前では一人の若者が困り顔で会釈を返していた。

三右衛門は顰《しか》め面《つら》で顎をクイッと突き出した。男気たっぷりの大親分は、このての浮ついた風潮が大嫌いである。

「あれが噂の、天狗小僧七之助でさあ」

人気ぶりもそうだが、二つ名まで芝居染みている。

しかし、天狗小僧本人は、この騒動にどう対処すれば良いのかわからぬ様子で、困惑顔を引きつらせている。

歳の頃は十代の半ばぐらいであろう。色白で細面《ほそおもて》。いかにも大店《おおだな》の跡取り息子らしい、華奢《きゃしゃ》で気弱そうな顔つきだ。

もっともそこが娘たちの人気の的なのだろう。縞の小袖を粋に着こなし、髷も細身に結っている。悪所に繰り出せば遊女や芸者の姐《ねえ》さん方に可愛がられるだろう。女を好くのではなく、女に好かれる型の少年だった。

天狗小僧七之助は、なにか用事があって出てきたのであろうが、この騒動ではどこにも行けない。慌てて店の奥に引っ込んだ。

「迷惑なことだろうねぇ」

卯之吉は呑気《のんき》そうに感想をもらした。「へい」と富平が頷《うなず》いた。

「白滝屋もさることながら、隣近所の商家も大迷惑で」

祭り騒ぎのように人々が道を塞いでいたら、客は遠のいてしまうし、荷車で売り物を運ぶこともできない。

「どうしようかねえ」

「ですから、旦那に叱りつけていただけないかと」

卯之吉はポカンと口を開いて、町役人を見た。

「あたしが叱ったって、言うことを聞きそうにないよ」

「で、ございますから」

富平は荒海ノ三右衛門にチラリと視線を投げる。

「旦那とご昵懇《じっこん》の親分さんの力を借りて、追い飛ばしてはもらえないかと」

俠客が町人地で組を構えていられるのは、こういう時に町人の役に立つと目されているからだ。刑事事件担当の同心は南北合わせても二十四人しかいない。町の自治を任された町役人は、いざという時には博徒の力を借りるしかない。

三右衛門が口をはさんだ。

「そりゃあ、お安い御用でござんすが、しかし、事情も知れねぇのに手荒な真似はできやせん」

何が善で何が悪なのかわからない。皆が納得する形で事を収めないと怨《うら》まれる。

町奉行所も、町役人も、俠客も、町人の支持と信頼を失ったらやっていけない。江戸の町人は「俺たちは将軍様の領民だ」という自尊意識が強いので、迂闊《うかつ》に感情をこじらせると面倒なことになる。

「まぁ、事情が良く分からないままでは、どう対処したらいいか、わからないよね」

卯之吉は騒動に目を向けた。人の輪の中に瓦版《かわらばん》売りが現れ、台の上に立って口上を述べ始めた。神隠し騒動の顚末《てんまつ》がそこに書かれているらしい。神隠しにあった本人の住む家の前で売ろうというんだから、とんだ厚い面《つら》の皮である。

瓦版は飛ぶように売れていく。小銭を握った人々が押し寄せていく。

「ちょうどいい。あれを買って読もう」

卯之吉は「おおい、瓦版屋さん」と大声を出した。

途端に、瓦版屋がギョッと両目をひん剝いた。

瓦版は地下出版である。お上を誹謗《ひぼう》する内容が書かれていようがいまいが取り締まりの対象だ。同心などに捕まったら版元ごと入牢や罰金、資産没収や手鎖の刑を受けることとなる。

瓦版を購入しようと卯之吉は、三つ紋付きの黒羽織をはためかせながら走り寄る。瓦版売りの目には、町方が捕縛に来たように見えた。

「まずいっ」

瓦版売りは台から飛び下りると、尻をまくって駆けだした。

「退《ど》いてくれ！　退いてくれ！」

人垣を押し退《の》けながら逃げようとする。

「おおい、待っておくれな」

卯之吉が声を張りあげて腕を伸ばす。

三右衛門は「おいっ」と、手下の男衆に顎で命じた。男衆は袖まくりして走り出て、人垣を押し退け、瓦版売りの衿を摑むと、あっと言う間に取り押さえてしまった。

卯之吉は瓦版売りが抱えた束の中から瓦版を一枚引き抜くと、「はい」と言って小銭を渡した。いきなり読み耽《ふけ》って没頭する。「ふんふん。なるほど」などと一人で納得して頷いた。

「これはよく書けてるねぇ。お陰で事情が摑めたよ」

瓦版売りにニッコリと微笑みかけると、その足で白滝屋に向かった。

取り押さえた三右衛門たちと、取り押さえられた瓦版売りが、自分はどうすれば良いのか、という顔つきで卯之吉の背中を見つめている。

「だ、旦那」

三右衛門がたまりかねて声をかける。

「こいつはどうしやすんで」

「え？」

卯之吉は不思議そうな顔で三右衛門を見つめ返した。どうやら、瓦版売りは見つけ次第に捕縛しなければならないものだ、ということを知らないらしい。

「もう、要《い》らないよ。一枚でたくさん」

そう言い残して「邪魔をするよ」と、白滝屋の暖簾をくぐった。

捕まった瓦版売りと、捕まえた男衆が困った顔をしている。

「親分、どうしやすんで？」

「……とりあえず、旦那の名を出して、近くの番屋に放り込んでおけ」

瓦版売りは荒海一家の子分衆に両脇を抱えられて番屋に送り込まれた。それっきり忘れ去られてしまい、三日三晩、意味もなく拘留されることとなった。

富平が、枯れた声音を精一杯に張りあげた。

「ほらほら、町奉行所のお役人様の出役だよ。これ以上騒ぎを大きくして、お上の手を煩《わずら》わせちゃあいけない。さぁさぁ、仕事に戻った戻った」

三右衛門親分と男衆も凄みを利かせる。物見高い見物衆も後難を恐れて引き上げた。

荒海ノ三右衛門と富平、それから銀八も白滝屋の店先に入った。

三

白滝屋の奥に蔵が建っている。扉の前は薄暗く、地面は冷たく湿っていた。

「お、おとっつぁん……」

白皙《はくせき》の美少年が心細そうな声を洩《も》らした。噂の天狗小僧である。細い肩が小刻みに震えている。

蔵の前にはもう一人、四十がらみの男がいた。白滝屋の主人、惣次郎《そうじろう》である。

天狗小僧七之助は、涙ぐんだ目で惣次郎を見上げた。

「お役人様が来たよ。どうしよう。あたしたちの悪事がバレちまったんじゃないのかねぇ……」

震える肩を父親の両手が押さえた。

「そんなことはない。大丈夫だ。取り決めた企て通りにやれば必ず上手くいく」

「でも、お役人様が……」

「ちょっと騒ぎが大きくなったから顔を見せに来ただけさ。大丈夫。あの手の役人は袖の下さえ受け取れば、黙って帰って行くから」

「そうだろうか」

「そうだとも。万事、おとっつぁんに任せておきなさい」

そこへ白滝屋の手代がやって来た。

「旦那様。同心の八巻様をお座敷にお通しいたしました」

「うむ、わかった。すぐ行くよ」

手代を見送ってから、惣次郎はもう一度力強く、息子の肩を揺さぶった。

「心配いらない。堂々としていなさい。怯《おび》えていると、それこそ怪しまれるからね」


卯之吉一行は白滝屋の表座敷に通された。白滝屋の主人、惣次郎がすぐにやって来て、同心の卯之吉を上座に据えて正座した。

床の間の前に卯之吉が座り、庭に面した障子を背にして町役人の富平が座る。三右衛門は座敷の下手に座り、銀八は縁側に座った。

……のであるが、正直、困ったことになっている。

「ああ、これは……。ううむ……」

ボソボソと呟《つぶや》きながら、卯之吉が床の間の詩画軸（掛け軸）を眺めている。一心不乱だ。黒羽織の背中を惣次郎に向けて、上から下まで舐《な》めるように、水墨画を凝視していた。

正直なところ、惣次郎は対処に困った。この騒動を問い質《ただ》すために乗り込んできたのであろうに、惣次郎が顔を出しても振り返りもしない。こっちはお叱りも覚悟でまかり出たのに無視されている。これではかえって針の筵《むしろ》だ。

いったい何を企んでの行動なのか、腹の内がまったく読めない。嫌がらせなのか、牽制なのか、とにもかくにもただならぬ策士に違いあるまい、などと惣次郎は考えた。

ただならぬ、と言えば、お供の連中も同様である。町役人は理解できる。この月行事が一連の騒動を奉行所に注進したのであろう。

博徒の親分も、まぁ、わからぬでもない。岡っ引きなどという連中は、大概がヤクザ者だ。

しかし、幇間を連れてきたのが良くわからない。いったいどういう魂胆なのか。

「昨今はすっかり南画が流行りのようだねぇ」

卯之吉が気の抜けた口調で言った。

南画というのは南宋画のこと。南宋で流行した水墨画のスタイルで、それ以前の北宋画をすっかり駆逐《くちく》して、画壇の主流に納まりかえっている。また、南宋画に影響を受けた与謝蕪村《よさぶそん》、池大雅《いけのたいが》などが台頭し、文人画家として名を馳せはじめていた。

卯之吉は飽きもせずに詩画軸に見入っている。禅問答ふうの難解な詩と、禅僧が憧れる唐《から》の山水が組み合わさっている。これが詩画軸である。詩文と絵とにどんな関係があるのか素人にはさっぱりわからないのだが、禅の知識があると、少しずつ読めてくる。一種のクイズみたいなものなのだが、描いた者の知識や思いが深ければ深いほど面白みのある絵となる。卯之吉はすっかり魅了されてしまったようだ。

いずれにしても、同心サマが掛け軸にべったり向かい合っていたのでは対応に困る。白滝屋の主人は視線を泳がせた。

困っているのは主人だけではない。町役人は身の置き場もないような顔をしているし、荒海ノ三右衛門でさえ、困り果てた顔をしていた。

「だ、旦那……」

銀八はおそるおそる、卯之吉に声をかけた。長いつきあいだから卯之吉の非常識には慣れている。

「なんだえ」

卯之吉が振り返った。銀八は卯之吉の顔と、惣次郎の顔を交互に見た。

「白滝屋の旦那でげすよ」

「ああ」

卯之吉は「今、気づいた」という顔をした。実際に今、気づいたのだが、そんなことだとは銀八以外は思っていない。たいした食わせ者に見える姿と表情であった。

振り返ってシャナリと座る。放蕩三昧《ほうとうざんまい》を極めただけに、粋な所作が板についている。そうとは知らない者から見ると、なんとも隙のない、典雅な物腰に見えてしまう。

白滝屋は大身旗本や大名の屋敷にも出入りしている豪商だ。殿様方の御前に挨拶にまかり出ることもある。しかし、これほどまでに優美な物腰は見たことがない。

(いったい、この御方は……)

京の朝廷の殿上人《てんじょうびと》もかくや、などと思える。あるいは平家の公達《きんだち》が、このようなお姿だったのではあるまいか。

武士だと思うから理解に苦しむのであって、放蕩息子だと思えば、ただそれだけの所作なのだが、考えすぎるがゆえにわからなくなってしまう。

とにもかくにも惣次郎は、町方の同心にはもったいないほどの丁寧《ていねい》な態度で平伏した。

「し、白滝屋の主、惣次郎にございまする。どうぞ、お見知り置きを御願い奉りまする……」

「うん」

卯之吉は小さく頷いた。

「あたしは南町の見習い同心の、八巻卯之吉ってもんさ」

(見習い？)

顔を伏せたまま惣次郎は、眉根をピクッと動かした。同心だとだけ告げておけば格好がつくのに、どうしてわざわざ見習いだ、などと言い出したのであろうか。

「まあ、そう硬くならないでおくれな」

「ハハッ」

惣次郎がやおら顔を上げると、なんと、卯之吉はまた惣次郎に背中を向けて、掛け軸に見入っていた。

「そ、その掛け軸がお気に召されましたか……？」

「うん。なかなか良いね。なかなかの目利きだね」

「はあ。畏《おそ》れ入りまする。……それほどまでにお気に召されたのでございましたら、お近づきの印に、どうぞ、お持ち帰りくださいませ」

三十両はした掛け軸だが、この同心の不気味な態度から逃れられるなら安いものだ、などと惣次郎は本心から思った。

すると同心が、クルッと正面に向き直った。なにやら邪気のない笑みを浮かべている。

「南画なら、牧谿《もっけい》が描いたのをいくつか持っているから、いらない」

「牧谿……？」

牧谿は南画の大家である。南宋の名人でその作品は海を越えて日本に運ばれてくる。唐の国の金持ちたちとの掛け値合戦を繰り広げたあげくに日本人の商人に買い取られるのだ。一幅数千両は確実にする。牧谿の作品に比べればこの絵などガラクタも同然である。それほどまでに珍重されており、多くは大名家が所有している。

それらの名宝の数々を借金のカタとして巻き上げているのが、この時期の札差や両替商なのだが、白滝屋惣次郎は卯之吉の出自を知らない。ただの同心だと思い込んでいるからわけがわからなくなる。

こいつはとんだ大法螺《おおぼら》吹きか、とも思ったが、嘘をついているようにも見えない。惣次郎は商売の荒海を乗り越えてきた男だ。取引先がついた嘘など即座に見破る。それだけの眼力があると自負している。

（この同心様は、嘘などついてらっしゃらない……）

本当に牧谿を蒐集《しゅうしゅう》しているのか。だとしたら何故、どうやって。禄高三十俵の貧乏同心が牧谿を手に入れることができるのか。

惣次郎は、できることならこの場から走って逃げ出したいような不安感に襲われた。目の前にいるこの同心は、これまでに対したどんなお人とも違う。捉えどころがない。正直、恐ろしい。

「ところで」

その同心が懐から、ピラッと一枚の瓦版を引っ張りだした。

「これを読んだんだけど、ここに書かれている通りの話が実際に起こったのかねぇ」

惣次郎は気を取り直して瓦版を受け取り、一読してから深々と頷いた。

「そのままの話が起こりましてございます」

「えっ」

卯之吉は絶句した。惣次郎の顔と瓦版とを交互に見比べた。

「本当に、本当に、この通りのことが起こったのかえ」

「まことに、まことでございます」

卯之吉は「信じられない」という顔をして、惣次郎の顔を凝視した。

惣次郎は手を叩いて奥の者を呼んだ。

「これ、七之助を連れてきなさい」

すぐに、問題の七之助——昨今の呼び名は天狗小僧——が現れた。商家の倅らしくおずおずと腰を折って、頭を低くしながら座敷に入ってくると、父親の斜め後ろに座った。

惣次郎がチラッと肩ごしに視線を投げる。

「南町の八巻様だ。ご挨拶なさい」

天狗小僧七之助は、両手をついて頭を下げた。

「七之助にございます。このたびは手前の不調法により、世間様をお騒がせし、まことに申し訳ない次第と思っております」

首筋が白くて細い。天狗小僧などという勇ましい二つ名とは正反対の華奢な体《たい》軀《く》と物腰だ。男に生まれるより女に生まれたほうが良かったであろう。男にしておくのがもったいないような美しさだ。町娘たちが黄色い歓声を張りあげて集まってくるのも頷ける。

「七之助さんと仰るのかえ」

卯之吉が改《あらた》めて確めると、惣次郎と七之助が怪訝《けげん》な顔をした。町人に「さん」をつけたり敬語で話しかける同心はいない。

七之助も目の前の同心の腹の内を推《お》し量《はか》るような目つきで、お辞儀をし直した。

「はい。手前が七之助でございます」

「七男なのかえ」

惣次郎が代りに答えた。

「いえ、七之助は白滝屋を興した者の名でございまして、手前どもは、代々、跡取りが七之助を名乗るのでございます」

「ふぅん、なるほどねぇ……」

卯之吉は感心したような声を洩らした。

惣次郎が訊ねた。

「なにが『なるほど』なのでございましょうか」

「いや、なあに……、七之助さんのこの男振りにねぇ、天狗様が心を惹《ひ》かれたのかなあ、と思ったのさ」

すると、七之助が目尻のあたりをポッと桃色に染めて、うっすらとはにかんだ。今にも袖で顔を隠しそうな風情だ。

銀八は啞然《あぜん》として見つめている。男伊達《おとこだて》を誇る三右衛門は、この手合いの優男《やさおとこ》が大嫌いらしく、苦虫を嚙みつぶしたような顔をした。

瓦版によると——白滝屋の若旦那、七之助の受難は、先月の中頃、八王子《はちおうじ》の高尾山《たかおさん》に参詣したことから始まった。

高尾山は、成田山《なりたさん》や大山《おおやま》などと並んで江戸の町人の帰依《きえ》が篤《あつ》い。遊山《ゆさん》ついでに参詣するのにもちょうど良い距離にある。

「高尾山には、しょっちゅうお参りするのかえ」

卯之吉が質《ただ》すと、

「初代の七之助が、高尾山の麓の出身でございまして」

惣次郎が答え、続けて、

「手前の産土《うぶすな》の神でございまする。手前が生まれましたのも、高尾山の薬王院《やくおういん》に父母が熱心に参籠《さんろう》し、御本尊である飯綱権現《いづなごんげん》様に子宝を願ったからだと聞いております」

と、楚々《そそ》たる風情で天狗小僧が答えた。

「あッ、そうか。なるほどね」

「はい？」

父親の惣次郎が怖々《こわごわ》と問い返した。

「なにか、ご不審でも」

「つまり、七之助さんは、高尾の天狗様の申し子ってことじゃないか」

卯之吉は一人で感心している。一方、七之助を始め、座敷に面した者たちは一斉に困惑顔をした。銀八が手にした扇子でピシャリと自分の額を叩いて俯いた。

惣次郎が七之助の出生当時の事情を説明しだした。

「あの頃、手前ども夫婦には長らく子ができず、悩んでおりましたところへ、薬王院の権現様が御利益もあらたかだという話を耳にいたしまして、藁《わら》にもすがる思いで参籠いたしたのでございます」

「ふうん。子ができないのなら、妾を持とうとは思わなかったのかえ」

卯之吉の無神経な質問に、惣次郎は顔を赤くさせた。頭に血が昇ったのかも知れない。

「いえ、手前は入り婿でございまして……」

「ははぁ、お内儀さんが白滝屋さんの家付きの娘か。そりゃあ大事《おおごと》だ。どうあってもお内儀さんに跡取りを産んでもらわなくちゃいけないね」

「はい。それはもう、必死にお祈りいたしました。それで、飯綱権現様の御利益もあって、この子を授かることができたのです」

見たところ、大店を継ぐ気迫には欠けているようにも見える。七之助が家を継いだら白滝屋は潰《つぶ》れてしまうのではあるまいか。御利益も小吉といったところだろう。

惣次郎は続ける。

「このような次第でございまして、妻は高尾山の薬王院様に帰依《きえ》すること一方《ひとかた》ではなく、月に一度は参詣に行っておったような次第で」

「それじゃあ話の続きだ。七之助さんはおっかさんに連れられて高尾山に参詣に行った。……それで、どうなったえ？」

卯之吉好みの奇天烈《きてれつ》な事件だ。俄然、興味が湧いているらしい。いつもの無気力ぶりとは裏腹に、身を乗り出して訊ねた。

七之助は答えた。

「はい。何事もなく参詣を済ませましたのですが、その日はなにやらお山全体に妙な気配が漂っていたように感じられました」

「どんなふうに？」

「はい。いつもと変わらぬ境内なのに、なにやら妙に薄暗く、杉の枝振りなども怪しげで……。まるで、深山幽谷にでも迷い込んだかのような」

「ふんふん、なるほど。すでに天狗様が来ていたのかも知れないねぇ」

「はぁ。江戸に向かって歩いておりますうちに、どうにも気分が悪くなりまして、どうにかこうにか内藤新宿《ないとうしんじゅく》まで辿り着きましたものの、身動きもままならなくなってしまい……。近くの小料理屋の座敷を借りて、一休みすることにいたしました」

「そのおっかさんは今、どこにいるのだえ？　差し支えなければここに呼んでおくれでないか」

卯之吉が奥のほうに目を向けながら言うと、惣次郎が恐縮しきった態度で頭を下げた。

「申し訳ございません。留守にしております」

「あらそう」

卯之吉はそれで済ますつもりだったのだが、惣次郎のほうから訊《き》かれてもいないのに説明を始めた。

「七之助が神隠しに遭《あ》ってからというもの、高尾山に願掛けのために参籠いたしておりましたもので。……倅が戻って参りましたので、今度は御礼の参籠に」

よほど神社仏閣に籠《こ》もるのが好きな性格らしい。

「話を戻そう。七之助さんは内藤新宿の小料理屋で休んだ、と。それから？　それからどうなったえ」

「はい。母は心付けを大目に渡して、離れの座敷を用意させました。手前はそこで横たわって――」

「お布団の上にですかい？」

銀八が嘴《くちばし》をはさんだ。

「それは、その、気分が悪いことを告げて、敷いてもらったのでございます」

「小料理屋に布団があるってのは、ウヒヒヒ、妙な話でございますねぇ」

なにを想像しているのか、銀八は下品な笑い声をあげた。

卯之吉は訊ねた。

「その店の名は、なんていうんだえ」

「はぁ、確か、『兼松屋《かねまつや》』だったかと……」

卯之吉は銀八に目を向けた。無言で、「その店で遊んだことはあったかな」と訊く。銀八にも心当たりがないようで、二度三度、首を傾《かし》げた。長年放蕩を共にした仲だ。目つきと顔つきだけで以心伝心である。

目と目でなにごとかを確認し合う同心と手下の様子を、惣次郎と七之助が戦々恐々として見つめている。

「兼松屋さんの料理は美味しいのかえ？」

卯之吉は放蕩者の本領発揮、興味津々に訊ねる。一方、七之助の顔色はどんどん悪くなる。

卯之吉は真っ直ぐに、七之助の目を覗きこんでいる。「どんな料理が出てくるのか、それはどんな味なのか」ということを知りたいのだが、問い詰められた七之助の視線はオドオドと泳ぎっぱなしだ。

「いえ、その、休ませてもらっただけですので……」

「そうか、そうだよね」

卯之吉はちょっとなにかを考えるような顔をして、「行ってみればわかるか」などと呟いた。

七之助の顔色が蒼白になった。

まさか、本当に料理を食いに行くだけだとは思わない。何事か思うところがあって吟味に赴くのだと思っている。

「じゃ、それはいいや。話を戻そう」

なにが「それ」なのかわからない。七之助の身体が恐怖に震えはじめる。

卯之吉は、まったく気づかぬ素振りで――というか、まったく気づいていないのだが、質疑を続けた。

「若旦那は気分が悪くなって離れ座敷の布団に横たわった、と。……それで？」

「はぁ、それから、ウトウトといたしておりました。母はどこへ行ってしまったのか、多分、帳場へ駕籠を頼みに行ったのだと思います。手前は一人で寝ておりました」

「それで」

「しばらくそうしていると、突然、料理屋の庭の植木の枝が、バサッ、バサッと、大きな音を立てました。手前はハッとして目を開けました」

「ほう」

「いったい、何が庭に降り立ったのだろうと思いまして、障子を細く開けて覗きこみました。すると……」

「どうしたえ？」

「すると、そこには、真っ赤な顔をした天狗様がおわしたのでございます」

「へえ！　すごいな！　それで？」

七之助は首を横に振った。

「そこから先は良くわかりません。なにか、高い所を飛んでいたような気がいたします。それから、どこかご立派な御殿のような所に匿《かくま》われて……、ああ、わかりません。何も思い出せないのです」

七之助は両手で頭を押さえて首を振りたくった。思い出そうとすると錯乱するらしい。

見かねた惣次郎が口を出した。

「八巻様、七之助はまだ本復しておりませせぬ。お医師からも無理はさせぬように、安静に、と言われておりますので……」

「ああ、そうだね。すまなかったね」

卯之吉はあっさりと同意して、七之助を下がらせた。

女中に左右を支えられながら、七之助は奥に下がった。その姿を見送りながら
卯之吉は、

「天狗の国に行っていたのかねぇ」

などと呑気な感想をもらした。

七之助がいなくなったので、今度は惣次郎に訊ねた。

「つまり若旦那は、その日、その料理屋で、神隠しに遭《あ》ったってことなんだね」

「はい。急に姿を隠してしまい、妻は半狂乱になってしまい……。報《しら》せを受けた手前も、店の者を大勢出して探させたのですが」

「見つからなかったと」

「はい。どうにも手掛かりがございませんで。料理屋の仲居に聞いても、七之助が出て行く姿を見たものは一人もおらず……。妻は最前申しましたように、願掛けのために高尾山の奥の社《やしろ》に籠もってしまい、店には手前一人……。そうこうするうちにひょっこりと、七之助が戻ったのでございます」

「左様でございますね、十八日ぶりでございます」

「何日ぶりの話？」

「帰って来た時、七之助さんの身形《みなり》は？　神隠しに遭った時と同じ着物を着ていなすったのかえ？　窶《やつ》れていた？　月代《さかやき》や髭は伸びていた？　爪は？　風呂には入っていた様子だったかえ？」

普段は何事にも無関心なくせに、こういう珍事にだけは興味津々の卯之吉だ。目を爛々《らんらん》と輝かせて矢継ぎ早に訊ねる。卯之吉の性格を知らぬ惣次郎としては、辣腕《らつわん》同心に厳しく詰問されている気分だ。目を白黒させて舌もうまく回らないでいる。

とにもかくにも取り留めのない話である。卯之吉は訊くだけ訊くと、もう帰ろうか、という気分になった。

「それじゃ、あたしは帰るよ。七之助さんをお大事にね」

立ち上がろうとすると、慌てて惣次郎が袱紗《ふくさ》包みを寄越してきた。

「それは？」

「はい。お騒がせいたしましたお詫びの印でございまして……」

なんと、帯封をされた二十五両もの金が包まれていた。

しかし卯之吉にとっては二十五両など端金《はしたがね》である。高級料亭で飲み食いし、深川芸者を呼んで遊んだら二十五両では払いが足りない。その程度の金をわざわざ恵んでもらうほどのことはない。

卯之吉は包み金を指差し、横目で町役人の老人を見た。

「要る？」

富平は両手を突き出した。

「滅相もない。あたしは受け取れません」

月行事を勤めるほどの町人だ、内証《ないしょ》はそこそこ裕福だろう。金に困っているわけでもないのに賂《まいない》など受け取ったら、後々の始末が面倒だ。

卯之吉は座敷の下の三右衛門に目を向けた。

「親分さんは」

「あっしも御免蒙りやす」

「じゃあ、銀八」

「とんでもねぇ」

卯之吉は袱紗包みを惣次郎の手元に押し戻した。

「誰も要らないってさ。気持ちだけ受け取っておくよ」

卯之吉は裾を払って立ち上がった。

「邪魔をしたね」

悠然と立ち去る。惣次郎は、啞然呆然《ぼうぜん》としたまま、店先まで出て見送った。


「神隠しとはねぇ……」

往来を歩きながら、卯之吉が感慨深そうに呟いた。

町役人とは自身番の前で別れた。銀八を従えて奉行所に戻る。途中まで三右衛門が一緒だ。荒海一家の印半纏を着けた男衆がズラズラと従っている。あまりにも仰々しい一行で、道を行く人々が慌てて避けたり隠れたりしたが、卯之吉は何も感じていない様子で空など見上げて、七之助の姿などを脳裏に思い返したりしていた。

三右衛門が「ケッ」と悪態をついた。

「下手な嘘をつきやがる」

「嘘をついているんだろうかね」

「嘘に決まってまさぁ。あの親子のツラつきを見ればわかりやすぜ。目は泳ぎっぱなし、満面に汗をかいて、真っ青な唇を震わせていやした」

確かに不審な挙動であった。

「そもそも」と三右衛門は講釈をぶちあげ始めた。

「神隠しなんていうもんは、蓋を開けてみりゃあなんてこたぁねぇ、ただの単なる拐《かどわ》かしでさぁ。小さな子供を気絶させ、背負籠《しょいかご》に入れたり長持に隠したりして連れ去るんでやす」

「連れ去って、どうするんだえ」

卯之吉の背後にいた銀八は、わかりきったことを訊ねる卯之吉の世間知らずぶりに赤面し、三右衛門の代わりに急いで答えた。

「売り飛ばしたり、身代金を要求したりするんでげすよ」

「そんな商いが成り立つのかえ」

「人買いは珍しい稼業じゃござんせんよ」

裏社会に通じた三右衛門が答える。卯之吉は「へぇー」と、声を上げて、「初めて知った」みたいな顔をした。遊廓などの悪所で放蕩三昧を繰り広げていたくせに、遊女たちがどこから来たのか、まったく知らなかったらしい。

三右衛門は女衒《ぜげん》や人買いを快くは思っていないらしく、顔を顰めた。

「なにも、無理やり、拐かすとは限らねぇんで。金銭を親に渡して、きちんと証文も交わして買ってくるんでさぁ。しかし、子を売る親にだって世間体というものがありやす。娘を遊廓に売り飛ばしたなどと知れたら村での立場がなくなる。隣近所から後ろ指を差されちまいやすからね。それで、神隠しに遭った——などと見え透いた嘘をついてその場を取り繕うんでしょうなあ」

「なるほどねぇ」

「神隠しだということなら、年季が明けて村に帰って来ても、まぁ、恥ずかしくない暮らしができるはずだ、などと考えるんでしょうかね」

「うーん」

「他に考えられるのは、駆け落ちでやすね」

「駆け落ち？」

「へい。七之助の場合、白滝屋はあの身代だ、人買いに売られたわけがねぇし、拐かしとも思えねぇ。第一、拐かす方法がみつからねぇ」

　七之助は華奢な体軀とはいえ成人である。

「なるほど。七之助さんが、自分の意志でちょいと料理屋を抜け出して、身を隠した、と、お考えなんだね」

「へい。つまるところは家出でさあ。そのあと、手前《てめ》ェで思い直したか、店のモンや親類にでも見つかったのか、店に帰ってきたのでしょうな」

「どうして神隠しだ、なんて嘘をつくかね」

「そりゃあ世間体を憚るからでしょう。あれだけの大店の跡取り息子だ。別の大店の箱入り娘と婚儀が取り沙汰されているに違《ちげ》ぇねぇ。その大事な若旦那が、どこの山出しとも知れねぇ小娘と手に手を取って道行きだ、なんて、外聞が悪くって仕方がねぇ。『暖簾に傷がつく』たぁ、こういうこってす」

経営者が人倫を踏み外したりすれば、「あそこは信用できない人間がやっている店だ」と見られる。いい加減な商売をやっているに違いないと思われたら客は寄りつかない。

「なるほどねぇ」

三右衛門は乱杙歯を剝き出しにして「キヒヒッ」と底意地悪そうにせせら笑った。

「その場を取り繕うためについた嘘が広まっちまって、今じゃあ、あの大騒ぎ。白滝屋はさぞ、困り果てていることでしょうぜ」

店から一歩外に出るたびに「天狗小僧！」の声がかかったのでは、おちおちと生活できない。

「しかしまぁ、それも七十五日の類でさぁ」

三右衛門は達観したような口調で言った。

江戸の町人は熱しやすくて冷めやすい。今はこれだけの騒動になっているが、別の事件が発生すれば、ヤジ馬たちは全員そっちに移動する。おそらく半年後には天狗小僧の話題を出す者もいなくなるに違いない。うっかり七之助の名など出そうものなら「今ごろ天狗小僧かよ」と嘲笑《ちょうしょう》される。かくして騒動は勝手に終息し、白滝屋は平穏な日常を取り戻すのだ。

「じゃあ、この件は放っておいても大丈夫かな……」

「あっしは、もうちっと、探ってみやす」

「どうして」

「七之助と駆け落ちしたのが、あっしのところで仲介した娘だったりしたら可哀相だ。万が一ってこともありやす。心中のしそこないで娘だけ死んでいた、なんてことになっていたら大変だ。せめて供養料ぐらい出させねぇと浮かばれねぇ」

口入れ屋というのも気骨の折れる仕事のようだ。

「ふぅん。……じゃ、何か出てきたら知らせておくれな」

「合点で」

三右衛門はペコッと頭を下げた。まるで手下そのものの扱いだが、三右衛門としては、八巻の旦那に使ってもらえることが嬉しくてならないのである。

荒海ノ三右衛門にとって卯之吉は命の恩人。しかも勝手に大人物だと誤解していて、漢《おとこ》の一命を捧げるに相応しい相手だと思い込んでいたのだった。

四

惣次郎は座敷の真ん中に悄然《しょうぜん》と座っていた。

膝の先には解《ほど》けた袱紗と二十五両が置いてある。惣次郎は血走った目で睨み付けた。

そこへ七之助が入ってきた。

「おとっつぁん、それは」

「さっきの旦那に渡そうとした賂だ」

惣次郎は二十五両を鷲摑みにして袂に入れた。不安と苛立《いらだ》たしさの入り混じった顔つきで、フーッと長い息を吐いた。

「受け取らなかった」

七之助も懊悩《おうのう》しきった顔つきで膝を折り、父の前に詰め寄った。

「そ、それじゃあ……」

「ああ。あの同心、あたしたちに疑いを持った、ということだ。吟味に容赦《ようしゃ》はせぬぞ、と言いたいのだろう」

町奉行所の同心が袖の下を断る理由など、それしか思い当たらない。町方の役人はとかく賄賂《わいろ》が大好きだが、さすがに、罪人とわかっている相手からは、金を受け取らない。

七之助は色白の美貌をさらに蒼白にさせて震えた。

「どうしよう、おとっつぁん」

「心配するんじゃない。大丈夫。きっと上手くいく。このおとっつぁんを信じなさい」

その時、奥の襖《ふすま》がカラリと開いた。父と息子は顔を上げた。

白い爪先が最初に座敷に入ってきた。続いて、窶《やつ》れた面差しの美女が、静かに顔を覗かせた。

髷はほつれ、乱れている。着物の襟元も乱れていた。憂悶《ゆうもん》に沈んだ美貌と相まって亡霊を思わせる。近年大評判の円山応挙《まるやまおうきょ》の幽霊画を髣髴《ほうふつ》とさせる姿であった。

「おっかさん」

七之助が立ち上がった。窶れた母親に腕を差し延べる。惣次郎は険しい声を出した。

「駄目じゃないかお前。蔵座敷に隠れていないと」

高尾山に参籠に行っていることになっている。今回の騒動は同心様にまで目をつけられてしまったのだ。姿を見咎《みとが》められたりしたら大変なことになる。

「ごめんなさい、あなた。七之助のことが心配で……」

色が白く、整った顔をしている。面差しが七之助にそっくりだった。

「でも、可哀相だよ、おとっつぁん。おっかさんをあんな所に閉じ込めておくなんて……」

蔵座敷は蔵の二階の隠し部屋のことである。窓も締め切りにしてあるので薄暗く、息苦しい。

「おとっつぁん、一日に一刻だけでもいい、外に出してあげるわけにはいかないのかい」

惣次郎は顔を顰《しか》めさせた。七之助が優しい子であることはわかっている。母親を蔵座敷に閉じ込めておくことが非道な行いであることも自覚していた。しかし、今はその優しさが命取りになる場面なのだ。なぜ、そのことがわからないのか。

「駄目だ」

惣次郎は心を鬼にして言い切った。

「ほとぼりが冷めるまでは駄目だ。今は世間全体がこの白滝屋を四方八方から見つめているんだ。さあ早く、蔵座敷に戻りなさい」

七之助はキッと父親を睨み付けた。惣次郎は『ここが踏ん張りどころなのだ』と自分に言い聞かせて睨み返した。

七之助はため息をついて細い肩を落とした。

「さ、行こう、おっかさん……」

母親の肩を抱いて、奥庭のほうに歩き去った。

惣次郎は座敷の真ん中で腕組みをしたまま、黙考している。

第二章　吉原遊興

一

そろそろと日が傾いてきた。町奉行所同心詰所の格子窓越しに、橙《だいだい》色の陽光が差しこんでいる。

町奉行所の業務は夕七ッ（午後四時頃）に終了である。内勤の与力や同心たちは手荷物を纏《まと》めて屋敷に帰る。

町奉行所は幕府の役所の中でも有数の激職である。常に仕事が山積している。であるから本来なら、夜中まで残業をしたいところなのだが、行灯《あんどん》や蠟燭《ろうそく》の明かりは暗すぎて、書類を読んだり書いたりすることが難しい。

という次第で、与力や同心たちは三々五々、脇門をくぐって帰って行く。

ところが、そのあたりの時刻からいよいよ活気づいてくる掛《かかり》もある。目下のところ、霞ノ小源太一党を捕縛しようとおおわらわの三廻たちである。

見習い同心の卯之吉は、今日も一日のんべんだらりと暇をつぶして過ごした。書物蔵から黴《かび》の生えたような古書類を持ち出してきては、茶をすすり、せんべいをかじりながら、一枚一枚眺めていく。

誰からも何も期待されていない見習い同心であるうえに、ご老中様から盃を賜ったりするものだから、敬して遠ざくの態度を取られてしまっている。卯之吉自身、自分から仕事に首を突っこむような性格ではないし、手柄を立てて出世してやろうなどという野心も持ち合わせていない。

「ふわわあああっっ」と、大きなあくびをすると、涙の滲《にじ》んだ目尻を擦《こす》りながら立ち上がった。

明日は非番だ。と言って、毎日非番のようなものなのだが、とにかく非番だ。

それならば――と、放蕩者《ほうとうもの》の血が騒ぎはじめる。久しぶりに遊里に繰り出し、どんちゃん騒ぎをしてみようか、などと考えていた。

「ごめんくだせぇやし」

幇間《ほうかん》の銀八が滑稽な足どりで南町奉行所の脇門をくぐってきた。退勤しようとする与力や同心の流れと逆行している。ヘラヘラと軽薄に薄笑いを浮かべながら頭を下げ、片足で跳ねて与力に道を譲った。

町奉行所は町人相手の行政機関であるから、ある意味でさばけている。武家言葉と町人言葉は厳然と異なっていて、大身の旗本などは小者などの通訳なしでは町人と会話もできないほどなのだが、その点、町方役人は、町人の前では伝法なべらんめえ口調で喋ったりもする。

それでもしかし、奉行所の門内で幇間に出くわすとは思っていなかったらしく、厳しく咎《とが》める視線を投げつけてきた。

「へへっ、お役目、ご苦労さんでございやす。はい」

銀八はヘコヘコと頭を下げてやり過ごし、同心詰所の出入り口に向かった。

「あっしは銀八ってもんで。八巻の旦那はいらっしゃいますかい」

奉行所の小者を呼び止めて訊ねた。小者も訝《いぶか》しげな目で銀八を見た。

同心の家に仕える小者には見えない風体だし、かといって岡っ引きや下っ引きらしくもない。いったいコイツは何者か、という目つきでまじまじと見た。

しかし、八巻卯之吉本人が同心とは思えぬ珍妙な男だ。主人が変なら仕える者が変でも不思議はない。小者は「待っていろ」と言って、卯之吉を呼びに行った。

呼ばれた卯之吉が土間に出てくると銀八は嬉しそうに腰を屈めた。

「へへっ、どうも。こんちお日和も宜《よろ》しゅう。今日もお声を掛けていただいてありがたい。蟻が鯛なら芋虫ゃ鯨。あたしゃ旦那のお供ができるなら、たとえ火の中水の中、千里を走って千里を帰る。いいや帰っちゃいけやせん。帰っちゃいやん。とにもかくにも何処《いずこ》なりとも、お供いたしやすですよ」

「うん」

卯之吉は軽く会釈を返すと「おあがり」と声をかけた。

「お邪魔いたしやす」

「着替えは？」

「へい、抜かりはござんせん。これこの通り」

風呂敷に包まれた着物を差し出した。商家の若旦那だった頃に着ていた粋な縞の小袖である。

卯之吉は、どうにも、武士の格好が馴染めなかった。窮屈でいけない。

同心詰所の脇の小部屋に入る。まずは髷《まげ》の元結を解《ほど》いた。

武士と町人とでは髷の形も異なる。卯之吉は自分の手で器用に髷を結い直しはじめた。

「へぇ！　ご自分でなさるんで」

「ああ。武士だからね」

「へっ？」

「あたしも武士だからね。武士というものはね、手前で手前の頭を結えなくちゃいけないのさ」

武士の生活は常在戦場が基本である。実際には戦争など、ここ百五十年ばかり起こってはいないが、とにもかくにも戦場生活を基本にしている。

戦場には髪結いなどいない。自分の頭は自分で結う。あるいは仲間と結い合う。殿様に仕える旗本は、殿様の頭を結ったり剃ったりする仕事もある。髪結いは武士の立派な表芸なのである。

「そうなんでげすかい」

銀八には想像もつかないことだ。町人は、貧乏長屋の住人だって、髪結い床で結ってもらう。否、実際には武士だって、髪結いに結ってもらうのだ。建前はあくまでも建前に過ぎない。

しかしそこが卯之吉なのだ。そうと知ったら本気になって髪結いの技を研鑽《けんさん》した。珍奇な情熱を傾けて、たちまちのうちに高度な技量を習得したのだった。

「ああ、これでいいね。存外、良くできた」

町人髷に結い直した自分の頭を、合わせ鏡で様々な角度から眺めている。満足な出来ばえだったらしく、ほんのりと微笑んだ。

粋な小袖に涼しげな絽《ろ》の夏羽織に着替える。帯には象牙《ぞうげ》の根付と西陣織の莨《たばこ》入れ。すっきりしゃんと着こなして、すらりと細い背筋を伸ばした。

信玄包みを振り回しながら、足どりも軽く表に出た。銀八は若旦那の耳元で囁《ささや》いた。

「吉原の大黒屋《だいこくや》に予約を入れておるでげす。花魁《おいらん》の菊野太夫《きくのだゆう》をお座敷にお呼びしてるでげすよ」

「ああ、それはいい。それはいい」

いそいそと門を出ようとしたところで、

「あっ――」

定町廻の筆頭同心、村田銕三郎と鉢合わせをしてしまった。

村田が訝しげに睨《にら》み付けてくる。卯之吉は咄嗟《とっさ》に腰を屈めると面《おもて》を伏せ、その場をやり過ごそうとした。

「お役目、ご苦労さまに存じます」

「おいちょっと待て。お前《め》ェ、ハチマキじゃねぇか」

さすがは定町廻筆頭同心の眼力である。髷の形を変えたぐらいでは誤魔化せない。

「なんなんだよ、その身形《みなり》は」

「はぁ。そのう、今宵《こよい》あたり、霞の一党が現れるのではないか、と、そんな予感がしたものですから、あたしも市中を見回りいたしましょうか、と考えまして。この格好はその、霞の一党を油断させるための変装なのでして」

その場を取り繕うために、口からでまかせを並べ立てた。

「幇間を引き連れて探索だとォ」

村田の面相が凶悪に歪《ゆが》んだ。霞の一党を探索するため昼となく夜となく歩き回っている。疲れが溜まって元々良くない面相がさらに険悪に窶《やつ》れていた。

卯之吉は咄嗟に一分金を摘《つ》まみ出して、村田の黒羽織の袖に忍ばせようとした。

「お役人様、どうぞ、これでお目溢《めこぼ》しを」

「馬鹿な真似事をやってんじゃねぇ」

　本当に袖の下を忍ばせようとしたとは思わない。ふざけているのだと思った村田は乱暴に袖を払った。

「それで、どの辺りを回る気だ」

「はぁ。……銀八、どの辺りだったかな？」

　銀八がピシャリと額を叩いた。

「へい。浅草の、田圃《たんぼ》の周辺をひとつ」

　村田は「ケッ」と毒づいた。

「ま、何もやらねぇよりはマシってもんだがな。隠密廻の邪魔をするんじゃねぇぞ」

「はい。心して承りました」

　銀八も頭を下げる。

「このあっしがついておりやす。ご心配にゃあ及びやせん」

「ふん。どうだか」

　相手をするのも面倒くさい、と言わんばかりの態度で、肩をそびやかせて去って行った。

「偉い剣幕でげすなぁ」

「お疲れなんだよ。霞の一党が捕まらないからねぇ」

自分も奉行所の同心なのに、他人事《ひとごと》みたいに言うと、いそいそと歩きはじめた。心は早くも今宵の遊興に飛んでいる。

「山谷堀までやっておくれ」

客待ちの猪牙舟《ちょきぶね》を捕まえると、スラリと乗り移った。

二

山谷堀で猪牙を降りると駕籠《かご》を雇い、日本堤、五十間道を経て大門に至る。大門から先へ駕籠で入れるのは医者だけだ。卯之吉は駕籠から降り立った。馴染みの揚屋、大黒屋の暖簾《のれん》をくぐる。店の主が揉《も》み手をしながらすッ飛んできた。

「これはこれは、三国屋《みくにや》の若旦那様。ようこそおいでくださいました」

「あい、お世話」

卯之吉は、商家の若旦那然とした微笑を浮かべた。

卯之吉が南町奉行所の同心になったことは、まだ遊里には知られていない。卯之吉としては、過去の放蕩を知っている者たちの前に同心姿を晒《さら》すことなど恥ずかしくてできなかった。

それなら悪所通いなど止めればいいのだが、そこが卯之吉である。同心になったことさえ一種の遊びだ。吉原通いを止めるつもりなどまったくなかった。

南町奉行所内与力、沢田彦太郎《さわだひこたろう》は、縞の小袖に夏羽織を着けて、吉原仲ノ町《なかちょう》の通りを行ったり来たりしていた。

「やはりこんな所になぞ、来るのではなかったか」

口の中で呟《つぶや》きながら、頭の中では（いや、遊びで来ているのではない、下々の事情に通じるのも、町奉行所の内与力の責務だ）などと言い訳している。

お役目一筋で生きてきた沢田にとっては、なんとこれが生まれて初めての吉原であった。日本堤の茶屋で買った編笠で顔を隠している。片手で笠をチョイと上げて、不穏な視線を左右に走らせる。見知った顔と出会いはしないかと戦々恐々、しかし、笠越しでは籬《まがき》の遊女の品定めもできない。笠を上げては下ろし、上げては下ろしを繰り返した。

吉原という悪所、幕府の法度によって旗本、御家人の出入りは禁止されている。無論のこと、このような法令は有名無実なのであるが、おおっぴらに二刀を差して出入りするのはまずい。まして沢田彦太郎は町奉行所の内与力である。悪所での遊興が明るみに出たら進退に関わる。

魚心あれば水心というやつで、日本堤の茶屋では武士たちに町人の着物を貸してくれる。髪結いまで待機していて、町人ふうに結い直してくれもする。

さて、このようにして町人に化けて、吉原を訪れた沢田だったのだが、

(格好だけ町人のなりをしたところで身構えまでは変えられぬ。傍目《はため》には武士の変装だとまるわかりなのではないか)

などと心配している。

しかし、案に相違して、仲ノ町を行き交う吉原雀たちは、目の前にお役人様が立っているなどとはまったく気づかずにすれ違っていく。逆に、「この人の正体は内与力様なのですよ」と言われても、首を傾《かし》げてしまうかも知れない。

そのうちに沢田は、なにやら妙に腹立たしくなってきた。

行き交う町人どもも、沢田の顔を一瞥《いちべつ》するなり、その威に打たれて「この御方の正体はお侍様だ!」とばかりに畏《かしこ》まったりするものだろうと予想していたのに、まるっきり、意に介してもらえない。

そればかりか、籬の向こうの遊女たちにまで無視される。ちょっと見の良い色男や、小金を持っていそうな男が通り掛かるたび、腕を伸ばし、媚態《びたい》を示して引き止めようとするのに、沢田にはまったく目もくれないのだ。

無理もないことで、古着の貸衣装を身に着けた沢田は、その貧相な顔つき、体つきも相まって、どこからどう見ても裏店《うらだな》の小商人なのだ。町人からの賄賂《わいろ》で懐の膨らんだ男にはとても見えない。さらには色男でもないし、遊び慣れた通人にも見えない。こんな男を客にとっても良いことなどなにもない。そう見極めた遊女たちから一斉に無視されてしまっているのだ。

そうとは思わぬ沢田は、（このわしの毅然《きぜん》とした物腰、ウム、隠しても隠しきれない役人臭さを醸《かも》し出しておるのであろうな。遊女どもに嫌われるのも無理はあるまい）などと勝手に解釈したりしていた。

その時、仲ノ町が突如として騒々しくなった。

「花魁だ！　菊野太夫の道中だぜ！」

吉原雀たちが一斉に騒ぎだす。仲ノ町の奥から、さんざめく気配が波のように伝わってきた。

「おう、あれが花魁道中か」

妓楼から旦那の待つ揚屋まで仰々しく道中する。噂には聞いているが目にするのは初めてだ。沢田は心なしか胸を弾ませて、花魁が通り掛かるのを待った。

妓楼の紋をつけた箱提灯《はこぢょうちん》を持った若い衆が先導する。続いて鉄棒《すずむし》を鳴らしながら露払いの男衆がやって来た。夜目にも明るく見えるように、何張りもの高張提灯が掲げられている。

宵闇の中で眩しく照らし出された花魁が、三枚歯の黒塗り畳付き高下駄を外八文字に踏んで、悠然と進んでくる。妹分の遊女である新造が長柄の傘を差しかけている。高く結った立兵庫《たてひょうご》の黒髪にギヤマンの笄《こうがい》を左右にズラリと挿し、金糸銀糸の縫箔《ぬいはく》で飾られた紅の装束の長裾をチョイと押さえ、さながら地上に舞い降りた天人のような気高さを見せつけながら歩いていた。

「おう」

沢田は一目で心を奪われた。

「なんと美しい女子《おなご》じゃ！」

大声で感想をもらし、周囲の者たちを一斉に失笑させたが気がつかない。ただただ菊野太夫に魅せられている。

吉原の太夫・花魁というものは、大名家のお姫様のお姿をやつしている。実際には、大名家の御簾《みす》中を見たことがある者など滅多にいないわけだが、衆人がイメージするところのお姫様をそのまま形にしたのが花魁なのだ。

気品たっぷり、高さ五寸（十五センチ）の高下駄の上から男共を見下ろしている。否、実際には目もくれない。何を見ているのかといえば、天上界を眺めてでもいるかのような、そんな目つきと顔つきだ。

スッキリと伸びた細い身体に長い首。流麗な美貌。完璧に整った輪郭。憂《うれ》いを含んだ眼差《まなざ》しに、仄《ほの》かに笑みを感じさせる唇。男の妄念をそのまま形にしたような美女がそこにいた。

沢田は、ただただため息しか出てこない。こんなに素晴らしい女性《にょしょう》がこの世に存在していたのか。夢を見ているのではないのか。否、本当に夢を見ているような心地だ。

しかしこれも現実なのである。これほどの美女を座敷に呼んで、酒を酌み交わし、あわよくば同衾《どうきん》までする男がいるのだ。

いったいぜんたい、どこのどいつなのか。この、江戸市中の治世を統《す》べる南町奉行所内与力、沢田彦太郎様を差し置いて、そのような幸せに与《あずか》る不埒者《ふらちもの》は。

沢田に限らず、吉原雀たちは皆そのように感じているらしく、相手の素性を忖《そん》度《たく》しだした。

「いってぇ誰なんでぇ。菊野太夫のお相手はよォ」

　すると、どこにでも消息筋は存在していて、鬼の首でも取ったような顔つきで得々と語りはじめた。

「花魁の行き先は大黒屋でぃ。大黒屋を贔屓《ひいき》にしているお大尽っていやぁ、三国屋の若旦那にきまってらぁな」

　なるほど、三国屋の若旦那か。三国屋の若旦那では仕方がない。と、男たちは納得したり、あきらめ顔になったりした。

　一人、沢田彦太郎だけが愕然《がくぜん》としている。

（三国屋の若旦那といったら……、う、卯之吉のことか⁉）

　居ても立ってもいられぬ心地で花魁道中の後を追う。物見高い吉原雀たちも、子供ではないのだから、花魁の後を追ったりはしない。それはあまりに惨めで格好の悪い姿だ。

　何かにとり憑《つ》かれた顔つきで、フラフラと歩き出した沢田彦太郎を見て、周りの男たちが苦笑まじりに視線を交わした。遊び慣れない唐変木《とうへんぼく》は仕方がねぇなぁ、という顔をしている。

花魁が大黒屋の前に着いた。入り口のところで幇間が素《す》っ頓狂《とんきょう》な声を張りあげていた。

「これはこれは花魁。ようこそお越しくださいやした。今宵はまた一段とお美しいったら。ささ、旦那がお待ちでございますよ」

沢田はまたも目を剝《む》いた。

（あの男は！）

いつも卯之吉の尻にくっついて歩いている小者だ。町奉行所には不似合いな男なので沢田の記憶にも残っている。

（あの小者が来ているということは……）

いよいよ疑う余地がない。この花魁を座敷に呼んだのは卯之吉なのだ。

沢田の脳裏にさまざまに妄想が湧いた。花魁と差しつ差されつ盃を交わす卯之吉。卯之吉にしなだれかかる花魁。そして二人は熱い口吸いを交わしながら、崩れるように夜具の中に……。

元服前の少年でもないのに、よこしまな妄想で頭がいっぱいだ。

「ゆ、許せぬッ」

沢田は、普段から縦皺の寄った眉間にさらに深く皺を刻みつけ、いつもへの字に曲げた唇をさらにきつく押し曲げて、ズカズカと歩み寄った。

「暫《しば》し待てッ。もぅし、物中さんッ！」

大黒屋の者たちがギョッと目を剝いて振り返った。頭のおかしい狼藉者《ろうぜきもの》だと思ったのだろう。実際にこの時の沢田はちょっとばかりおかしくなっていたのだが、それはともかく男衆は鉄棒を構え、花魁をかばって前に出た。

「無礼者ッ。このわしを誰と心得る、南町奉行所内与力、沢田彦太郎なるぞッ」

こともあろうに沢田は、吉原のまん真ん中で、高らかに名乗りを上げた。


「ウェーッハッハッハ」

大黒屋の二階座敷、豪奢《ごうしゃ》な装いの花魁を据えて、ひとり上機嫌の沢田が高笑いしている。その隣では卯之吉が、心なしか面白そうに微笑んでいた。

「さあ飲め！　もっと飲め」

漆塗りの酒杯を卯之吉に向けてグイグイと押しつけてくる。飲み慣れぬ下り物の美酒がしこたま効いたようで、早くも泥酔状態だ。見事なまでに醜い酔態である。ここまで典型的な酔態はめったに見られるものではない。卯之吉はますます嬉しげに頰を綻《ほころ》ばせた。

一方、大黒屋の者たちや花魁、新造や禿《かむろ》、芸人たちには何がなにやらわからぬ展開だ。三国屋の若旦那が町奉行所の同心になった、などという話はまったく伝わっていないから、どうして内与力が卯之吉の座敷に乗り込んでくるのかが理解できない。

だが、卯之吉の交際範囲は恐ろしく広い。大名家の御曹司とも友達付き合いをしているくらいだ。町奉行所の内与力が飲み友達でも不思議ではない。

卯之吉の座敷を預かる新造や芸人たちは、この程度の異常事態にはいちいち驚かないし、裏の事情を深く考えたりもしないのだった。

沢田彦太郎に乗り込まれた卯之吉は、さすがにこれは進退窮《きわ》まったか、と覚悟した。自分を同心に据えた際には、沢田のひとかたならぬ尽力があったと聞いている。その沢田に悪所遊びの現場を押さえられてはただでは済むまいと思われた。

が、案に相違して沢田は、物欲しそうな顔つきで、なにも言わずに卯之吉と、菊野太夫を見つめていた。「これは」と察した卯之吉が、「どうぞご一緒に」とお座敷遊びを誘うと、「左様か！」とばかりに勢いづいて乗り込んできた。

かくして沢田と盃を交わしている。大黒屋にとっては迷惑そのものの客だろうが、卯之吉にとってはそうでもない。むしろ歓迎である。いつもと同じ顔ぶれで、様変わりもせぬ遊びをしても楽しいことなどなにもない。卯之吉とはそのように考える人間である。

ここは沢田を肴《さかな》にして、面白おかしく、その野暮天ぶりを愛《め》でてやろう、などと不埒なことを考えて、心持ち、笑みを含んで美酒を口に運んでいた。

銀八が相も変わらず間の悪い幇間芸を見せている。銀八の芸のつたなさは、百戦錬磨の花魁を以ってしても、どうあしらったらいいものか悩んでしまうほどである。卯之吉としては、普段は乙に済ましかえった花魁が、素にかえって混乱するのが見ていて楽しい。完璧に計算された持てなしの座敷が銀八の芸のおかげで目茶苦茶になる。それが面白い。

最近ではこの旦那と幇間の、開けっ広げな面白みが新造たちにも理解されてきた。肩の凝らない愉快な座敷だと評判を呼んでいる。

今夜はそれに輪をかけて、どう対処したらいいのか思案に困る相手が一人いる。

なんと沢田は、銀八の芸に大笑いして喜んでいる。通を極めた人間が、かえって野暮を面白がる、といった笑いではない。どうやら本気で面白がっているようなのだ。

農村部にだって旅役者は回って来る。よほどの田舎者《いなかもの》でもなければ、銀八の芸を見て喜んだり笑ったりはしないだろう。

卯之吉は、最初は唖然《あぜん》としていたが、やがてクスクスと忍び笑いを洩らした。

「今夜は楽しい」

そう言って菊野太夫に目を向けた。

菊野は困り顔で微笑むと、卯之吉の盃に酌をしてくれた。

座敷には島台がドンッと置かれている。珊瑚《さんご》や珍石や盆栽などで、これは景気づけの飾り物である。だが、これを飾るのには数両の金がかかる。この金は妓楼と揚屋への祝儀となる。

料理は吉原内の仕出し屋が運び込んできたもので『台の物』と呼ばれる。台の上に料理が山のように飾られている。料金は一台で一分だ。四分の一両である。

が、この台の物、見た目こそ豪華そのもので、料理が山盛りに飾られているのだが、不味《まず》い。

実はこの料理、客が食べるものではない。花魁は多くの新造や、禿《かむろ》たちを配下に抱えている。これらの者たちは、客が残した食べ物を夕飯とするのだ。

客は、すでに登楼する前に茶屋で食事を済ませておく。それが通である。

座敷に取り寄せる膳部は、花魁とその付き人たちへの贈り物なのだ。

客に食べさせるものではないのだから、吉原の仕出しの味は極めて落ちる。たいした御馳走がのっているわけでもない。

そんな粗末な食い物を、「美味い美味い」と言いながら沢田が貪り食っている。

卯之吉は今日初めて知ったのだが、沢田はたいした健啖家《けんたんか》である。痩《や》せの大食いそのものだ。

しかし、台の物を平らげるのは宜しくない。

吉原の裏の事情に通じているからこその通人である。台の物を食べ尽くしちゃうなんてのは野暮の骨頂。新造や禿が恨みがましく睨んでいる。花魁も、「わっちの面目が丸潰《まるつぶ》れでありんす」という顔つきだ。野暮が嫌われるのには、ちゃんとした理由があるわけである。

そこへ菓子売りがご機嫌伺いにやって来た。

「ええ、お菓子はいかがでござんしょう」

細く開けた襖《ふすま》の向こうで膝をついて挨拶を寄越す。

吉原の座敷には菓子売りがつきもので、甘露梅や最中などが名物であった。なぜ菓子などを売りにくるのかは言うまでもない。

だが吉原の事情にまったく通じぬ沢田は、邪険に声を怒らせて手を振った。

「たわけ！　酒の席に甘い物を売りにくる阿呆《あほう》があろうか。帰れ帰れ」

花魁、新造、禿が一斉に「好かぬわえ」という顔をした。女はみんなスイーツが大好き。さらには糖分補給で体力をつけねばやっていられぬ稼業でもある。

客に菓子を買ってもらって、自分で食べ切れない分は同輩にわけてあげる。

「おいらン姐《ねえ》さんが摑《つか》んでいる旦那は太っ腹だ」と自慢するのが、新造や禿にとっては小さな心の慰めでもある。

険悪で冷たい空気が座を満たしたが、沢田はまったく気づく様子もなく、一人上機嫌に飯を食い、盃を呷《あお》っている。

「ほれ」

と、干した盃を花魁の前に突き出す。酌をしろ、というのだが、菊野太夫はプイと横を向いた。

「お、なんじゃ？……ムフフ、その取り澄ました顔がまた、たまらぬのぅ」

沢田は酔眼をニヤニヤさせて一人で喜んでいる。

さすがに卯之吉は、これはまずい、と感じた。お座敷はみんなで喜ばなくては楽しくない。

「よぅし、一丁撒《ま》くぞ」

卯之吉がスラリと立ち上がると、新造や禿が「キャーッ」と歓声を張りあげた。歓声は隣の座敷にまで通じて、隣座敷から芸者たちが三味線や太鼓を片手に駆けつけてきた。

一斉にチャンチキチャンチキと伴奏をはじめる。卯之吉がクネクネと踊りはじめた。

沢田は何が始まったのか理解できずにいる。座敷の真ん中でクルクルと踊る卯之吉を呆然《ぼうぜん》と見上げた。

禿たちが窓辺に寄って障子を左右に大きく開けた。下の通りでも、卯之吉の座敷の賑やかさが伝わっていて、物売りたちが、今や遅しと待ち構えていた。

「はい、若旦那」

銀八が革製の大きな巾着《きんちゃく》袋を渡す。中には二朱銀や一朱金が詰まっている。

卯之吉は小脇に抱えると、金銀をムンズと鷲摑みにし、花咲爺のように高々と宙に撒いた。

「持ってこーい！」

物売りたちが一斉に群がってくる。卯之吉は扇子でヤンヤと煽《あお》った。

金を拾った物売りたちが階段を駆け登ってくる。寿司売りや菓子売り、そればかりか水売りや辻占売りまでやって来た。

卯之吉は上機嫌に高笑いして、「全部置いていきなさーい」とばかりに金を撒いた。

物売りたちは御礼に謡《うた》い、踊る。卯之吉も真ん中で踊る。

この夜、吉原で一番の蕩尽《とうじん》に大黒屋は大喜び、菊野太夫の面目も立ち、新造や禿の腹も満たされた。

夜も更けて、物売りたちは一人去り、二人去りして座敷に静けさが戻った。あとは旦那と花魁がしっぽり濡れる時間である。

が、相も変わらず沢田はいる。卯之吉に遠慮をしていないわけではなく、完全に酔い潰れて騒々しくいびきをかいていたのだ。

本来なら、菊野太夫の付き人の新造が相手をしなければならないのだが、最後ばかりは世話の要《い》らないことで、まことに結構な話であった。

卯之吉は菊野太夫の盃を受けた。

「それじゃあ、あっしはここいらで」

と、後片づけをしていた銀八が腰を上げようとしたその時、卯之吉はフッと視線をあげた。

「おや、なんの騒ぎだろう？」

窓の外に目をやる。

「なんでありんすか」

花魁が訊ねた。彼女の耳には届いていないらしい。

卯之吉は障子をカラリと開けて身を乗り出した。二階座敷から下の通り（仲ノ町）を見下ろす。仲ノ町のずっと奥、水道尻のほうで騒ぎが起こっているようだ。

銀八も並んで身を乗り出した。夜中なのに片手を目の上に翳《かざ》し、滑稽な顔つきで遠望している。

「喧嘩でげすかね」

「行ってみよう」

そうと決まると早い。なんと二人は、尻まくりをしてドタバタと階段を駆け降りて、裸足《はだし》で通りへ飛び出して行ってしまった。

座敷では花魁が愕然としている。

「おやまぁ、なんだい、いまの騒ぎは」

大黒屋の女将が顔を覗かせた。彼女の目に映ったものは、一人、俯いて唇を嚙みしめる菊野太夫の姿であった。

大金を積まれても気が向かなければ座敷に出ない。客の態度が気に入らなければ置き去りにして帰ってしまう。それが花魁の誇りであるのに、あっさりと客の側から袖にされた。目の前に座った自分より、喧嘩見物のほうに興をそそられたらしい。

「あんたも、困った男を旦那に持ってしまったねぇ」

普段は冷酷そのものの女将が、ほんの少しだけ同情したような顔をした。煙管《キセル》を出して炉の埋み火で火をつけると、スパッと吸った。

横目でチラッと菊野太夫を窺《うかが》うと、菊野太夫はまだ、唇を嚙みしめていた。

「おや、なんだいそのお顔は。あんたまさか、あの旦那に本気《まじ》になっちまったんじゃないだろうね」

菊野太夫は答えない。女将はフンと鼻を鳴らした。

「やめておきなよ。ああいう男は、女にどうこうできる相手じゃあないんだからね」

足元に転がって高いびきをかく沢田を見下ろして、

「こういう野暮天のほうが、まだしもマシってもんさ」

と毒づいた。

三

「とっとと殺せッ！　殺しやがれッ！」

髪をザンバラに振り乱し、顔面を蒼白にさせた中年男が匕首《あいくち》を両手で構えている。刃が下を向いているから素人だ。匕首を使い慣れた者ではない。

男の周囲をぐるりと、印半纏《しるしばんてん》を着けた男衆が取り囲んでいた。手には六尺棒など握り、強面《こわもて》のツラつきを皮肉そうに歪めている。中年男に刃先を向けられても動じる様子はない。薄笑いを浮かべている者までいる。皆々、喧嘩慣れした者たちばかりだ。

四郎兵衛番所の者たちである。吉原の治安に携わる自警団だ。吉原は一種の治外法権であり、町奉行所は手を出さない。同心が詰めてはいるが、喧嘩や心中騒動などに首を突っこんだりはしない。

番所の男衆は包囲の輪を狭めた。匕首を持った中年男は激昂《げっこう》してわめきちらしてはいるが、腰は完全に引けている。へっぴり腰でタジタジと後退した。

仲ノ町の一番奥には火の見櫓《やぐら》が立っている。その先は行き止まりで高い黒塀が巡らせてあった。遊女の足抜けを防ぐための頑丈な囲いだ。逃げ場はない。

中年男は火の見櫓の柱を回って黒塀を背にした。

その有り様を吉原の客たちが遠巻きにして眺めている。客を放り出して見物に出てきた遊女が、帯のない肌襦袢《じゅばん》を掻《か》き合わせている姿もあった。その輪の背後で卯之吉が、首を伸ばしてピョンピョンと飛び跳ねていた。

「あのお人、どっかで見たことがあるよねぇ」

「そうですかい？」

隣で銀八も跳ねている。二人で交互に飛び跳ねながら中年男の人相風体を確める。

「あっ」

銀八が叫んだ。

「あれは、白滝屋の手代さんですよ。確かにあの時、店で見かけた顔でさぁ」

さすがに銀八は幇間で、一目見た相手の顔は忘れない。もっとも、そんなものは接客業の基本であって、出来て当たり前の話ではある。

と、そこへ、「どいたどいた」と、四郎兵衛番所の小頭が駆けつけてきた。人垣を割って踏み込んで行く。卯之吉と銀八は図々しくも、小頭に続いて輪の中に入った。

小頭は中年男に険悪な視線を向けた。

「大事な珠《たま》を傷つけた野郎ってのはお前《め》ェかい」

大事な珠とは遊女のことである。もっとも、この界隈は安価な切見世の並んだ一帯だ。歳のいった安女郎だろう。

とはいえ、吉原で遊女に怪我をさせたらただではすまない。

「そうだともよ！　あたしがやったんだ。さあ殺せッ！　殺しやがれッ！」

中年男は自暴自棄になっている。

小頭は怒りを通り越して呆《あき》れ顔だ。

「手前《てめ》ェはどこの誰なんだい。詫《わ》び代の都合はつくのかい」

怪我を負わせた遊女と、その抱え親に慰謝料と治療代が払えるのなら、無難に事を収めることも出来る。この男を叩き殺したところで一文にもならない。金で解決がつくのなら、吉原にとっても男にとっても遊女にとってもなによりの話なのだ。

卯之吉が小頭の背後から声をかけた。

「このお人は白滝屋さんの手代ですよ」

「おや」という顔を小頭はした。金離れの豪快な卯之吉は、この世界では知らぬ者のない有名人だ。四郎兵衛番所の男衆にも小遣いを弾んでいるから下にも置かれぬ扱いを受けていた。

「これは三国屋の若旦那。——そうですかい。アイツは白滝屋さんの。良いことを教えていただきやした」

大店《おおだな》の白滝屋に掛け合えば、ある程度の慰謝料は見込めそうだ、と小頭は計算を働かせたのに違いない。

しかし中年男は首を横に振って喚《わめ》いた。

「白滝屋なんざ、もう、縁もゆかりもねぇッ！　あたしはお店をおん出されたんだ。行き場もないッ！　だから、殺せッ！　殺してくれッ！」

「ああん？」

卯之吉と小頭は顔を見合わせた。

どうやらこの男は、白滝屋を放逐されて自暴自棄になり、こんな騒ぎを起こしてしまったものらしい。

「それじゃあ、しょうがねぇな」

小頭はため息をついた。それから一転、嗜虐《しぎゃく》的で禍々《まがまが》しい笑顔を見せた。

「望み通りに畳んでやんな」

「へい」と低い声で応えた男衆が、白木の六尺棒を突き出しながら突進した。一撃で男の手首を打って匕首を叩き落とし、それから容赦《ようしゃ》なく袋叩きにした。

取り押さえたり縄を打つまでもない。中年男はだらしなく伸びてしまった。

「筵《むしろ》に巻いて運び出せ」

「へい」

四郎兵衛番所の男たちは恐ろしい私刑の準備を始めた。

卯之吉は驚いて訊ねた。

「な、なにをなさるおつもりだえ？」

小頭は向き直って頭を下げた。

「若旦那にゃあ関わりのねぇこってす。これがあっしたちの仕来りで。さぁ、お座敷にお戻りくだせぇ。こんなこたぁすっかりと忘れて、花魁とお楽しみになるこってす」

「待っておくれな」

卯之吉は慌てた。

「詫び代はあたしがもつよ。いくらだい？　百両？　二百両？　あたしがあのお人の命を買い戻そうじゃないか。簀巻《すま》きにするのだけはやめておくれな」

小頭は虚を突かれた顔をして、それからちょっと困った顔をした。

「若旦那も酔狂が過ぎやすぜ」

そしてなにやら嬉しそうに笑った。

「他ならぬ若旦那の頼みとあっちゃあ、聞かねぇわけにも参《め》ぇりやせん。ようがす。引き受けやした。女郎屋には四郎兵衛番所が責任を持って掛け合いやす。大金をふっかけることのないよう目を光らせやすから、ご安心くだせぇ」

「ありがとうよ」

卯之吉は大八車を頼んで、問題の中年男を横たえさせた。額がパックリと割れて血が噴き出している。手足の骨や肋骨も折れているかも知れない。医工の家に運んでくれるよう、車引きの老人に頼んだ。

「お前、聞いたかえ」

大黒屋の二階座敷で女将が、長煙管に火をつけながら言った。

金屏風の前には花魁の菊野が端然と座っている。女将は煙管の先をクイッと窓の外に向けた。

「三国屋の若旦那だけどね。四郎兵衛番所に畳まれた男を買い取ってね、医者坊のところに運んで行っちまったってさ」

女将はプカーッと莨をふかした。

「吉原一の売れっ子のあんたを置き去りにしてねぇ。溝鼠《どぶねずみ》みたいな男の命を拾ってやったって話さ。だから、待ってたって戻ってきやしないよ。早くお帰り」

菊野は無表情のまま座っていたが、やがて音もなく立ち上がり、禿を連れて出ていった。

女将は膝元に目を向けた。

「ところで、こいつはどうしてくれるのかねぇ」

沢田は口の端からヨダレを垂らして寝入っている。

四

卯之吉はかつて、蘭方医になろうとしたことがあった。高名な蘭学者にして蘭方医の、松井春峰《まついしゅんぽう》の門を叩いたのだ。

同じ門下生だった医者たちを何人か知っている。夜中だが、かつての同門を無下に追い返したりはしないだろう。そう期待して浅草の、御蔵近くで開業している兄弟弟子の門を叩いた。

「由三郎《よしさぶろう》さん、いなさるかえ」

開業した今は龍山白雲軒《たつやまはくうんけん》などという厳《いか》めしい名を名乗っているのだが、門下生当時の名で呼んだ。

龍山白雲軒では医工なのか武芸者なのか分からない――と常々思っていたのだが、とにもかくにも親しみをこめて呼んだ。

ちなみに医者は士農工商の工に属するので医工と呼ばれる。

表戸をドンドンと叩いていると、脇門が開いて若い侍が顔を覗かせた。

「なんだ。患者か」

卯之吉は丁寧《ていねい》に腰を折った。

「あたしは南町……じゃなかった、南のほうの町中に住んでいる卯之吉と申しますが」

同心になったことはまだ秘密だ。金の力で同心株を買ったなどと知れたら、南町奉行所の体面に傷がつくし、三国屋も「身の程を弁《わきま》えぬ悪徳商人だ」などと後ろ指を差されてしまう。そういう意味では、卯之吉の昔を知る者が最大の問題なのだ。

しかし都合の良いことに今日は町人の姿だ。嘘をつき通すことにした。

「由三郎さんとは松井春峰先生の許で共に学んだ仲でして」

「龍山先生と同門の医者ってことか」

若侍は態度が横柄だ。睨み付けるような視線を向けてくる。医者といえども多少は愛想が良くないと患者に逃げられるのではないのか。

「いえ、その、患者を連れて来ました」

夜も遅いから帰れ、と言われそうだったので、つい、いつもの癖で、若侍の袖に一朱ばかり滑りこませた。若侍は指先で探ると、無愛想なまま頷《うなず》いた。

「ちょっと待て。聞いてくる」

しばらくして門が開けられた。

「会うと言っている。入れ」

卯之吉は中年男を大八車に乗せたまま、門内に入った。

「おう、確かに卯之吉さんだ。懐かしいな。元気にしていなすったか」

龍山白雲軒が人懐っこい笑顔を見せた。応対の若侍とは大違いの人当たりの良さだ。歳の頃は四十代の半ば。医者を志したのが遅かったので、卯之吉と同門とはいえ年齢にはかなりの開きがあった。

鬢《びん》の辺りに白髪がある。門下生当時も太っていたが、また一段と腹が膨らんだようだ。貫禄ありげで病人の目には頼もしく見える姿かも知れない。

「さあ、そこに乗せてくれ」

蘭方医特有の診察台が土間の真ん中に置かれている。しかしこの建物はなんなのか。ちょっと見には、馬小屋に似ている。

「似ているのではない。馬小屋だ」

白雲軒は快活に笑った。聞けば、旗本屋敷の一角を間借りして開業しているのだという。旗本は無役の小普請組で経済状況が悪い。医者に土地屋敷の一部を貸して店賃を取っているのだそうだ。

「馬など、もう、何代にも渡って飼っていないそうだ。だから綺麗なもんだぞ。心配するな」

白雲軒は患者の身体から血まみれの着物をはぎ取りながら喋り続けた。

「朝となく夜となく急患がやってくるから、門番の若党は機嫌が悪い」

なるほど、と卯之吉は納得した。旗本屋敷に武士として仕えているのに、患者の応対をさせられたのでは腹の虫が治まるまい。

「ああ、これは。おい、押さえていてくれ」

荒療治になりそうだ、と看破した白雲軒は、いったん奥に消えた。

卯之吉は患者の肩を押さえた。

「銀八も」

「あっしもですかい」

「ああ。暴れるからしっかりと押さえてるんだよ。さもないと吹っ飛ばされるからね」

銀八は覚悟を決めた顔つきで両脚を押さえた。

「長崎で買ったアルコーレが切れてる。焼酎で代わりだ」

白雲軒が貧乏徳利を持って戻ってきた。

「アルコーレなら、うちにあったよ。あげようか」

「馬鹿を言え。お前さんが医工をやめて二年になる。もう、気が飛んで酢になっちまってるさ」

白雲軒は無造作に、焼酎を患者の傷口に浴びせかけた。

中年男が絶叫を張りあげた。両手両足でもがいて暴れる。卯之吉は慣れているからしっかりと患者の関節を押さえつけている。一方の銀八は蹴り飛ばされそうになっていた。

「あんまり騒ぐんじゃない。旗本屋敷から苦情が来る」

怪我人に言って聞かせたところで、耐えられる痛みではなさそうだ。

中年男の身体にはパックリと開いた傷口がいくつもあった。四郎兵衛番所の男衆の打撃は実に的確だった、ということだ。白雲軒は傷の奥まで焼酎を流して、傷の内側を洗った。暴れ狂っていた中年男は、再び失神してしまい、今度は何をされても動かなくなった。

「よし、縫うぞ。お前さんもやってくれ。得意だろ」

「うん。——よし、競争だ」

「いや、競争はしなくていいから、丁寧にやってくれ」

二人は両手を血まみれにしながら傷を縫った。銀八は燭台を翳《かざ》しているように言いつけられたのだが、今にも吐き戻しそうな顔をしていた。

一通り縫うと、薬を塗って油紙で被い、その上から晒しで巻きつけた。小半時(三十分)もしないうちに全身晒し姿の人間が一体、完成した。

「これでいいだろう。あとは好きなだけ寝かしておけ」

金盥《かなだらい》の水で手を洗いながら、白雲軒は言った。

「それで、こいつはどこの誰なんだい。名は」

「それが……」

卯之吉は困った顔をした。

「あたしにも、良くわからないのさ」

白雲軒は苦笑した。

「また変なものを拾ってきたのか。おかしな性格だけは変わらんなぁ」

「いや、買ってきたんだ」

「なんだそりゃ」

「診療代は心配しなくていいよ」

「ああ、それだけは心配しとらん」
白雲軒は、診療用の焼酎を湯飲みにあけるとグイッと呷って笑った。

五

翌日の午前《ひるまえ》、卯之吉は再び白滝屋に向かった。
白滝屋の前には人だかりができていたが、先日訪れた時よりは人数が減ってい
た。酔狂者揃いの江戸っ子にだって仕事はある。天狗小僧といっても、飛んだり
跳ねたりするわけではないのだから、毎日眺めていれば飽きがくる。そんなこん
なで野次馬も一人減り、二人減りしているようだった。
卯之吉が歩み寄って行くと、白滝屋の中から聞き覚えのある胴間声が響いてき
た。
「あの声は……、水谷《みずたに》様かえ?」
卯之吉は小首を傾げつつ、暖簾をくぐった。
水谷弥五郎《やごろう》の大きな背中が見えた。相も変わらず貧乏暮らしをしているよう
で、土埃《つちぼこり》をかぶった帷子《かたびら》と袴を着けていた。
「お内儀《かみ》に会わせろ、と申しておるだけだ」

水谷はなにやら強談判《こわ》に及んでいるらしい。店の主の惣次郎が困り顔で応対している。

水谷は見るからに強面《こわもて》の浪人で、体軀《たいく》も大きければ腕も太い。おまけに右の眉のあたりには古い大きな刀傷がある。あまり、お近づきにはなりたくない人相風体だ。こんな恐ろしげな浪人者に押しかけられたら、白滝屋でなくとも困り果ててしまうであろう。

真っ正面から対応している惣次郎などまだしもで、跡取り息子の七之助などは、天狗小僧の勇ましい二つ名はどこへやら、帳場の柱の陰に隠れて身を震わせている有り様だ。

水谷弥五郎は傲然《ごうぜん》と胸を張って続けた。

「お内儀が『出す』と確約した金を受け取りに来ただけだ。用さえ果たせばすぐ帰る。さあ、お内儀に会わせてくれ！」

惣次郎は困惑顔で訊ね返した。

「そう申されましても……。ご浪人様と手前の妻とは、いったい、どういったご関係なので？　手前もアレと連れ添って二十数年になりますが、ご浪人様のお顔を拝見したことは一度もございません」

「そ、それは言えん！　武士の信義の問題だ。とにかく——ああ、もう！　とにかく会わせてくれよォ。会って話をすればわかるから。な？」

終《しま》いには水谷のほうが拝み倒す形になった。

「そう仰《おつしや》られましても。手前の妻は、高尾山に参籠《さんろう》に行っておりまして、留守にございます」

「留守ゥ？　そっ、それでいつ戻る」

「さぁて、一月後か、二月後か」

「それでは困る！」

「困ると仰られましても」

卯之吉は、水谷の背後からフラリと近寄った。

「どうしなすったえ、水谷様」

水谷弥五郎は振り返ってギョッと両目を見開いた。

「ややっ、これは、八巻氏《うじ》……！」

目を見開いたまま固まって、顔色を赤くしたり青くしたりする。剣の立合いではどれほどの強敵に対しても平然としている男が、満面に脂汗を滴らせた。

水谷はそそくさと後ずさりした。

「お、お内儀が留守では話にならん！　出直して参る！　それでは御免！」

逃げるように出ていった弥五郎の背中を、卯之吉は不思議そうに首を傾げて見送った。

「なんだろうね、あれは」

惣次郎が腰を屈めつつ、土間まで降りて卯之吉を迎えた。

「これはこれは八巻様。良いところへお越しくださいました。いやあ助かりました」

「いや、何も助けちゃいないけど」

「この程度の強請《ゆすり》たかりは、商売をしていれば日常茶飯事でございます。お上の手を煩《わずら》わせるほどのことではございません。どうぞ、お忘れください」

惣次郎は引きつった笑みを浮かべて揉み手をした。

「それで、本日はどういったご用件で」

卯之吉は困った顔をした。

「あたしもね、お内儀さんに会いに来たんだよ。……そうかえ、まだ高尾山からお戻りじゃないのかえ。困ったな。あたしも、上役に調べ書を出さなくちゃいけないから、お内儀さんと話をしなくちゃいけない」

「はぁ、お調べ書を」

「うん」

それから卯之吉は、昨日助けた手代のことを訊ねようかと思った。

だが、お店者が店を追放された理由など、ろくでもないものに決まっている。例えば、店の金を着服した等《など》だが、着服した金が十両以上だったりすると死罪になる。

死罪にするのは可哀相だし寝覚めが悪いという理由で、追放に留めたのだとしたら、奉行所の人間が事を荒立ててはかえって迷惑だろう。

卯之吉は黙っていることにした。

「仕方ない。出直すとするよ。それじゃあ、またね」

卯之吉は飄然《ひょうぜん》と去った。惣次郎は深々とお辞儀をする。顔を上げた時、その顔はドス黒く変色し、両目は真っ赤に血走っていた。

「帳場《ここ》は任せましたよ」

番頭に声をかけて奥に下がる。座敷に入って莨盆を寄せ、イライラと煙管に莨を詰めた。後から七之助が入ってきた。

「どうしよう、おとっつぁん」

「うろたえるんじゃあない」

震える手でようやく莨に火をつけて、フーッと吹かした。息子の前でどうにか貫禄を取り繕ったものの、内心でははげしく動揺している。

いったいどこで何を嗅《か》ぎつけたのか、瘦せ浪人が「お内儀に会わせろ」と押しかけてきた。裏社会の情報速度は恐ろしく早い。強請の種になると知られたら根掘り葉掘りほじくりかえされる。

それだけでも肝が潰れる思いなのに、あの同心まで執拗《しつよう》に追及してきた。あの様子だと、お内儀の顔を見るまでは食いついて離れないのに違いあるまい。

「それにしてもあのお役人……」

一見頼りなさそうな瘦せ同心のくせに、ひと睨みしただけで恐ろしげな浪人者を追い払ってしまった。

(よほど名の通った御方なのか)

強面の浪人者が、顔面を蒼白にして冷や汗まで流していた。裏社会のヤクザ者の間では、鬼同心として恐れられている男なのかもしれない。これはますます油断できない。

「おとっつぁん、どうしよう」

七之助が涙目で迫ってきた。惣次郎は自分を励ますようにして、言った。

「なあに、心配は要らない。いざとなれば、おっかさんの顔を拝ませてやるだけのことだ」

「おとっつぁん」

「そんな顔をしているんじゃない。怪しまれるじゃないか。もっと堂々としていなさい」

これまた自分に言い聞かせるようにして、惣次郎は立ち上がると、足音も高く帳場に戻った。

「困ったなぁ。まさかあそこで八巻が出てこようとはなぁ……」

乱れた総髪を掻きむしり、やおら袖の中で腕組みをして、渋い顔を傾げる。水谷弥五郎は尾羽打ち枯らした風情でしょんぼりと通りを歩いた。

そこへ、高下駄の音をカラコロと響かせながら、振袖姿の美少年が駆け寄ってきた。

「どうだった、弥五さん」

市村座の若衆方、由利之丞《ゆりのじょう》である。まだ売り出し以前の少年だ。

月代《さかやき》を紫色の野郎帽子で隠している。振袖は花柄を散らした華美な衣装だ。この振袖とは少年向けの小袖のことで、未婚女性の振袖と同様に袖が長くて派手な柄物である。

由利之丞は色白で細面。美少女然とした美しさを誇っている。否、中性的なその容貌《ようぼう》は、少女などではけっして醸し出せない妖しさを発散させてもいた。

水谷弥五郎は腕組みをしたまま、身体ごと顔を横に向けた。きつく瞼を閉じている。

美しい由利之丞は弥五郎の袖にしがみついて揺さぶった。

「どうしたんだよォ。まさか、不首尾だった、って言うんじゃないだろうね」

「む、むう……。左様、その、ウウム、上手くいかなかった……」

「なんだって！」

弥五郎はクルリと向き直って腰を屈めた。由利之丞の背丈は弥五郎の胸のあたりまでしかない。弥五郎は上半身を折って、由利之丞の目線より自分の顔を下にして、片手拝みに拝み倒した。

「すまん！　いや、拙者が悪いわけではない。その、お内儀が留守だったのだ」

「居留守を使われたのに決まってるよ！」

「いや、まさか。そんなことはない。拙者も武士。武士に向かって嘘をつくほど、白滝屋も阿漕《あこぎ》な男ではあるまい」

「そんなことどうだかわからないよ！　これだからお武家は甘いってんだ！　あーあ、『わしに任せておけ』とか言うから任せたのに、これじゃ全部ぶちこわしじゃないか」

「あーあとはなんだ、あーあとは！」

「知らないよ。弥五さんなんか、もう、頼りにしないから！」

由利之丞はプンと膨れて細い鼻筋を余所《よそ》に向けた。そのまま背を向けてたち去ろうとする。

「ちょっと待て、いや、待ってくれ！」

往来の真ん中でむくつけき浪人と可憐《かれん》な若衆が痴話喧嘩をしている。滑稽な光景だ。通りすがりの者たちが足を止め、薄笑いを浮かべながら見守っている。が、必死な弥五郎は、人目を気にするどころではない。

「待て、待たんか」

「待てないよ！　あたしが待てないんじゃない、呉服屋が待ってくれないんだ」

由利之丞は振り返って、大の字に踏ん張って立った。円《つぶ》らな両目にたっぷりと涙がにじんでいた。

「晦日《みそか》までにお足が揃わないと衣装を作ってもらえないんだよう。せっかくもらったお役なんだ。衣装を揃えられないと、せっかくのお役も誰かに取られちまうんだよう」

「その事情はわかっておる。何度も聞かされた」

「白滝屋のお内儀《ないぎ》様がお足をもってくださるというから、帳元様に無理を言って役を回してもらったんだ。それなのに、『衣装が買えませんでした』なんて言えるもんか。あたしの面目が丸潰れだよう」

「わかった。わかった。泣くな」

弥五郎は両腕を開いたが、しかし、由利之丞は胸に飛び込んできてはくれなかった。弥五郎は手持ちぶさたに腕を広げたり閉じたりした。

役者は役に就くと、その役に相応《ふさわ》しい衣装を自分で用意しなければならない。現在なら、衣装は、映画会社やテレビ局の衣装部が用意してくれるが、この時代は違う。もっとも今でも、古典芸能の役者や芝居小屋の役者、漫才師、歌手など、自分で衣装を用意している芸能人は多い。

この衣装代が馬鹿にならない。贔屓にしてくれる金持ちを捕まえて、衣装を作ってもらわなければならない。

江戸時代の役者は、よほどの売れっ子以外は貧乏人だ。この若衆のように、陰《かげ》間《ま》として働いて生活費を稼いでいる者も多かった。

陰間は同性愛の男客を相手にするが、性欲に飢えた女客に春を売ることもあった。そうやって金持ちの贔屓客を摑むのも、役者の出世の手練手管《てれんてくだ》なのだ。

由利之丞は、白滝屋のお内儀という金蔓《かねづる》を摑み、衣装を作って頂けることになったので、芝居小屋の顔役に役を頼んだ。

しかし、役をもらった直後に、白滝屋のお内儀が姿を隠してしまったのだ。これでは衣装は作れない。衣装がなければ舞台には上がれない。せっかく巡ってきた機会なのに、好機を棒に振ってしまうことになる。

それで由利之丞は焦《あせ》っている。強面の弥五郎に頼めばお金を引き出してもらえるのではないか、と思案して頼んだのに、これがてんで役に立たない。怒りと絶望に泣き崩れた。

「まあ、待て。泣くな。わしがなんとかする。なんとかするから」

「なんとかするって、どうするのさ」

「うむ、道場破りでもなんでもして――」

「道場破りで手に入る金なんて、たかが一両や二両じゃないか。そんな端金《はしたがね》で買える衣装じゃないんだよう」

町道場などを強請っても、相手もしょせん剣術馬鹿の集まりだ。大金をせしめることなどできるはずがない。

「まあ待て。他にも伝《つて》がないわけじゃない」

今、会ったばかりの卯之吉の顔が脳裏を過《よ》ぎった。

(あの男に頼めば、百両でも二百両でも都合をつけてくれそうだが……)

しかし、さすがの水谷弥五郎をもってしても、八巻卯之吉という男は、腹の底の計り知れない一種異様な相手ではある。正直なところ、あまり関わりあいになりたくはない。

(しかし、背に腹は代えられまいな)

弥五郎は暗然として思った。

目の前では可愛い由利之丞が泣きじゃくっている。

六

「おっと、兄ィ、お待ちなせぇ」

丑蔵《うしぞう》が弥二郎《やじろう》の袖を引いた。

「なんだえ」

弥二郎が訊ねる。丑蔵は顎をクイッとしゃくって、通りの先を無言で示した。

「あっ、あいつは……」

「南町の八巻ですぜ」

昼下がりの表通りを、黒い紋付き巻羽織姿の卯之吉が歩いてくる。まだ残暑の厳しい季節で陽炎《かげろう》がたちのぼり、卯之吉の細い身体が揺らめいて見えた。

二人は何気ない素振りで、たまたま目の前にあった絵草紙屋に入った。

店先には読本の他、名所絵や役者絵などが売られている。これらの絵は江戸見物の田舎者が土産としてよく買っていく。絵は軽いし、かさばらないし、腐ったりもしないから土産にはもってこいなのだ。丑蔵も弥二郎も垢抜けない風貌なので、絵草紙屋には似合いの客で、怪しい者には見えなかった。

二人は、絵を選ぶような素振りで、間口の外に鋭い眼差しを向けた。

同心姿の卯之吉が、しゃなりしゃなりと歩いて行く。丑蔵と弥二郎には気づかない。絵草紙屋の前を通りすぎて行った。

弥二郎が長い息を吐いた。

「肝が冷えたぜ」

「しかし兄ィ、あの野郎、なんだって白滝屋から出てきやがったんだろう……」

弥二郎は露骨に顔をしかめさせた。

「まさか、嗅ぎつけやがったんじゃやねぇだろうな」

「今、売り出し中の切れ者同心だって噂でやんしたが、まったくもって油断ならねぇ野郎ですぜ」

小声でコソコソと話していると、買い物の相談をしていると思ったのか、店の主人が笑顔で近寄ってきた。

「お探しもので？　この役者なぞは、今、評判でございますよ」

「要らねぇ」

錦絵が欲しくて店に入ったわけではない。丑蔵はつっけんどんに答えた。

すると、なにを勘違いしたのか、主人はニヤーッと笑った。

「ははぁ、こちらをお探しで？」

下のほうから春画を持ち出してきた。

「そういうのも要らねぇ。――やい、人を見て物を売りやがれ。こっちは女に不自由しちゃあいねぇぜ」

喧嘩っ早い丑蔵を、弥二郎は肘でつついた。

「やめねぇか。悪い了見だぜ」

店に入って何も買わずに喧嘩を売ったのでは相手の記憶に残ってしまう。

「すまねぇなオヤジ、そういうのも良いけどよ、もっとこう、話の種になるようなな、別のモンはないのかい」

「ははぁ、こちらをお探しでしたか」

と、御禁制の瓦版を引っ張り出してきた。ここ二月ばかりの事件が残らず揃えられている。いつの時代でも人々は最新のニュースを知りたがる。瓦版もまた良い土産なのだ。

「おうおう。それそれ。今、お江戸では、どんな騒動が噂になってんだい」

「それはもう、霞ノ小源太一党にございましょうなあ」

「そうかえ。そんなにたいした盗人かえ」

「町奉行所を手玉にとっておりますよ。ほら、この瓦版などにその顚末《てんまつ》が書かれております」

弥二郎は笑いをこらえきれない顔つきで、数枚選んで金を払った。

「これはいい土産になるぜ」

懐に入れて店を出る。卯之吉の姿はもう、通りの角に消えていた。

第三章　医工難儀

一

荒海ノ三右衛門から使いが来て、卯之吉は木挽町《こびきちょう》にあるそば屋の二階座敷に呼び出された。

まだ夏の暑気の残る昼下がり。三十三間堀を渡る風が心地よく吹き込んでいた。

三右衛門は先に来て待っていた。

「どうしたんですかい、そのお姿は」

町人姿の卯之吉を見て、三右衛門は驚いた顔をした。

「うん。霞の一党の探索だよ」

面倒なので、そういうことにしておいた。三右衛門は大げさに驚いた。

「へぇ！　つまりは、隠密廻同心ってわけですかい！　こいつはおっかねぇお役目だ。さすがは八巻の旦那だぜ。……それにしても、粋《いき》なお姿でござんすねぇ。どっからどう見ても大店《おおだな》の若旦那にしか見えやせんぜ」

なにを勘違いしているのか知らないが、荒海の親分さんはあたしのことを無闇に高く買いかぶっているらしい、と、鈍感で呑気《のんき》な卯之吉も、最近、内心で不気味に感じはじめている。

熱心に勧《すす》められて上座に座らされた。卯之吉は昼間だというのに酒を頼んだ。

「……ところで、なんだい、話って」

「へい、ちょいと妙な話を小耳に挟みやしたもんで。こいつは旦那のお耳に入れといたほうが良さそうだ、と思いやしてね」

荒海ノ三右衛門が上目づかいにジロリと視線を向けてくる。凄《すご》みのある顔をしていた。よほど自信のある情報を握ったものらしい。

「そりゃあ有り難いねぇ。どんな話」

卯之吉は背筋を伸ばして、悠然と煙管《キセル》を燻《くゆ》らせている。生まれついての無神経だからこその姿なのだが、傍目《はため》には貫禄のありげな姿だ。侠客の大親分を目の前に控えさせて、これだけの余裕をかませる役人はそうそういない。

　そんな姿に三右衛門は、ぞっこん惚《ほ》れ込んでいるわけである。

「へい。例の白滝屋ですがね、なにやら昨今、妙な動きをみせていやがるんで」

「どんなふうに」

「店に長年仕えた雇い人を、追っ払っていやがるらしいんでさぁ」

「ああ」

　卯之吉は煙管の吸い口を離して声を上げた。

「そうらしいね。あたしもゆんべ、一人、買い取ったよ」

「買い取った？」

「いや、なに。白滝屋さんを追い出されたっていう手代を一人、あたしの手元に囲ってあるのさ」

「こりゃあ……」

　三右衛門はピシャリと額を叩いて恐縮しきった顔をした。

「恐れ入りやした。さすがは旦那だ！　抜かりがねぇや！」

「そんなんじゃないよ」

　卯之吉は赤面した。

「親分さんが調べなすったことを聞かせてもらおうじゃあないか」

「水臭《みずくせ》ぇですぜ、旦那。三右衛門とお呼びくだせえ。それじゃ、憚《はばか》りながら。あっしなんかが偉そうに語るのも、釈迦に説法ってもんでしょうがね……」

三右衛門は、あの後、白滝屋に斡旋《あっせん》した下女の安否を確かめに行ったのだ、と語った。

幸いなことに、三右衛門店《だな》で口利きした下女たちは皆、無事に奉公している様子であった。

(ま、あのオカチメンコどもが、色男の若旦那と心中するはずもねぇか)

などと、ホッとしたついでに悪口雑言《あっこうぞうごん》を吐いた三右衛門だったが、下女の一人がおかしなことを口にしたのを聞きとがめ、ギラリと眼光を鋭くさせた。

下女は渋谷《しぶや》村で生まれた百姓娘で、名はおミツといった。鈍重そうな顔つきで、気働きのできる娘には見えない。身体だけは大きくて逞《たくま》しいので、力仕事に重宝されているようだった。

普段の三右衛門なら、小娘の噂話などには耳を貸さないのであるが、白滝屋の一件には大事な八巻の旦那が関わっている。旦那の手柄になる話であるなら聞き逃がすわけにはいかない。

（ガラにもねぇが、岡っ引きの真似事でもしてみるかい）

三右衛門は、おミツから事情を聞き出すことにした。本来なら、博徒の世界の大物である三右衛門が、直々に小娘と口を利くことなどはない。卯之吉のためだと思えばこそ、子分任せにはせずに、自分から岡っ引き役を買って出たのだ。

強面《こわもて》の大親分を前にして、おミツは緊張しきっている。口を軽くしてやらなきゃならねぇな、と思った三右衛門が「なにか食いたいモンはねぇのか」と訊《き》くと、「汁粉が食いてぇだ」と言うので、甘味屋に連れていった。

一人分だけ頼むのもなんなので、二つ頼んで椀を啜《すす》ってみたのだが、一口だけでゲンナリとした。

そんな食い物をおミツは、遠慮なく何杯もお代わりした。食べ盛りの若い衆を世話している三右衛門だから、若い者たちの食欲の旺盛さには驚かない。しかし、一口だけで胸焼けしそうな物をお代わりできる胃袋の構造が理解できなかった。

「さてと。腹もくちたところで、話の続きをしてくんねぇか」

本題を切りだすと、おミツは、『こんなに美味しいものを食わせてくれるお人が悪人であるわけねぇ』とでも思ったのか、すっかり打ち解けて喋りはじめた。

「若旦那様のことだけんど、もしかしたらあれは、天狗《てんぐ》様がすり替わってるのかも知れねぇだよ」

「なんだと？」

突飛な発言についていけない。しかしおミツは大真面目で身を乗り出してきた。案外、誰かにこの話を聞いて欲しくてたまらなかったのかも知れない。

「神隠しのあと、お屋敷にお戻りになったんだが、すっかりお人変わりがしちまってただ」

おミツが恐怖に身を震わせながら語るには——神隠しの以前はいつも朗らかだったのに、戻ってからは憂悶《ゆうもん》に沈んでいる。

悲しげに俯いていたと思ったら、急に怒りだして使用人にやつあたりする。以前は優しかったのに、最近では使用人に手を挙げることすらある。

「そりゃあ、お前《め》ェ……」

三右衛門は呆《あき》れた。神隠しの正体はまだ不明だが、それなりの事件に遭遇したのだ、少しばかり性格が変わっても不思議はないだろう。

「だどもね、親分さん。変わったのは気性だけじゃねぇだよ。暮らしぶりまで変わっちまっただ。それも、ものすごく変になっちまっただよ」

「たとえば、どんなふうにだね？」

「若旦那様は身の回りのことを一切、ご自分でなさるだよ」

「どういうことだえ」

「大店の若旦那様は、部屋の掃除や布団の上げ下ろしなんか、オラのような下女にやらせるもんだべ？　以前の若旦那様はそうだった。でも、お戻りになってからの若旦那様は、なんでもご自分でおやりなさる。いんや、他人の手が触れることをものすごく嫌がるようになっただよ」

「そりゃあ、……確かに妙だな」

「そう思うべ？　考えてみりゃあ……、あれだ、オラも今、気づいただが、折檻《せっかん》を受けた使用人たちは、お許しもなく勝手に若旦那様のお部屋に近づいた者たちだべ」

「七之助の部屋はどこにあるんだえ」

「へえ。お店の奥のお蔵の前のお座敷だ」

「ふうむ」

三右衛門は腕組みをして考え込んだ。まんざら妄言《もうげん》とも言い切れまい。この神隠し騒動、なにやら怪しい裏がありそうだ。

「それだけじゃねぇだよ。大旦那様の代からお店に奉公した手代さんや女中頭さんまで、お店を追ん出されちまっただ」

「なんだと？　どういうことだ」

「オラには、わからねぇ」

「わからねぇってこたぁねぇだろう。手代や女中頭が追い出されるってのは、並大抵のことじゃねぇんだぜ？」

「だからわからねぇんだよ、親分さん。いってぇ、あのお人たちは、どんな悪さをして、店を追ん出されたんだろうね」

「旦那や若旦那はなんて言ってるんだ」

「何も言ってねぇよ。ただ『許せねぇ』ってだけだ」

「他の女中や、奉公人はなんて言ってる」

「オラたちもよォ、旦那様の逆鱗《げきりん》に触れて追ん出されたくはねぇもんよ。だから、みんなであれこれ頭を捻《ひね》ったんだけどよ、思い当たることが何もねぇんだ。手代さんも、女中頭さんも、そりゃあ熱心に奉公しとったのによう」

おミツは必死の形相で詰め寄ってきた。

「わかっただろ、親分さん！　今の若旦那様は、本物の若旦那様じゃねぇだよ！　ありゃあ絶対に、天狗様と入れ替わってるだ。そんで、旦那様までたぶらかしてるのに違《ちげ》いねぇんだよ。なあ親分さん、信じておくれよう」

「ああ、わかった。なんだかおかしなことになってるようだな」

自分で喋っているうちに疑惑が確信に、不安が恐怖に転じてしまったようだ。おミツは大柄な体軀《たいく》をブルブルと震わせた。

「オラ、おっかなくてなんねぇだ。なぁ親分さん、別のお店を紹介してくんねぇかよ。オラを別のお店に移してくれるんなら、今の給金で二倍働くからよう」

「まあそう言うな。年季が明けてねぇだろう」

年季奉公の契約を交わしている以上、勝手な理由で辞めさせるわけにもいかない。それに、三右衛門には別の考えもあった。

「おい、おミツ。お前ェ今日からそれとなく、若旦那の様子を探るんだ」

おミツは顔面を蒼白にさせた。

「嫌だよう。そんな、おっかねぇ」

「心配するんじゃねぇ。お前ェには荒海一家がついていると思え。それにオイラの後ろ楯にゃあ、とっても頼りになる御方がお控えなすっていなさるんだ」

「その御方ってのは、天狗様より偉いお人かね」

「ああ。大天狗様みてぇな大物よ。だから案じるんじゃねぇ。悪い天狗なんか簡単に懲《こ》らしめてくれるからよ」

「そうかい？　そんなら心強《づ》ェけど……」

三右衛門は、駄目押しとばかりに小遣い銭をジャラッと握らせた。

「こ、こんなに、もらっちまっていいだか……？」

三右衛門にとっては小銭だが、おミツにとっては大金だ。

「おう、ただで働かすわけにゃあいかねぇ。取っときなよ」

「じゃ、遠慮なく頂きますだ」

おミツはペコリと頭を下げると、帯の間から巾着《きんちゃく》を引っ張りだして、大事そうに銭をしまった。

「手柄を立てたら、また、なんか食わせてやるからな」

おミツは表情を綻《ほころ》ばせた。

「また、汁粉を食わせてくれるかね」

三右衛門は愕然《がくぜん》とした。今、こんなに食ったばかりなのに、もっと欲しいと言うのか。こんなまったりと甘くてしつっこい食い物を。三右衛門は汁粉など、あと一年は見るのも嫌だ。

とにもかくにも宥《なだ》めすかして、店の者に気づかれぬうちに送り返した。

「ということなんでさあ」

三右衛門は話を終えて、卯之吉の表情を窺《うかが》った。

卯之吉は悠々と煙管をふかしている。

「……つまり、こういうことかな」

「なにか、思いつかれたんで」

「うん。本物の七之助さんの代わりに、別人の七之助さんが乗り込んできた。ということさ」

三右衛門が、得たり、と膝を打った。

「あっしも同じ考えでさぁ」

「パッと見には見分けがつかないほどに似たお人が戻ってきた。隣近所にバレないくらいに似た人だね」

「双子じゃねぇんですかい」

この時代、双子は畜生腹などと呼ばれて忌《い》み嫌われた。人間は一人で生まれてくるものであって、一度に二人以上生まれてくるのは獣と同じだと考えられていたのである。無知ゆえの迷信だ。

そのため、双子として生を受けた兄弟、姉妹は、生まれてすぐに引き離されて別々の家で育てられたりした。

「旦那。七之助に代わって、弟が送り込まれてきたに違いありやせんぜ」

「うん。でも、いくら双子でも身近にいた人は気づくだろうね。だから、古株の手代や女中頭を追い出したんだね」

「いったい、白滝屋で何が起こっていやがるんでしょうな」

「わからない。……もしかしたら、本物の七之助さんは、ただの病《やまい》か事故で亡くなっただけなのかもしれない」

江戸と高尾山の往復はちょっとした旅だ。この時代の旅は非常に険しいものである。行き倒れなど珍しくもない。

「そうだとしたら、真相を暴いたりしたら可哀相だね」

面倒を避けて跡継ぎを据え直したのだとしたら、奉行所に乗り込まれては迷惑だろう。そっとしておいてあげたほうが良い――と、町人あがりの卯之吉は考えた。

しかし三右衛門は別の意見である。

「穏当な話なら、手代や女中頭を納得させればいいだけでやす。それなのに、無理やり追い出した。これはやっぱり臭いやすぜ」

「それもそうだね」

追い出された手代は、自棄《やけ》を起こして刃傷沙汰にまでなった。遊女は怪我をし、本人は危うく簀《す》巻《ま》きにされて殺されるところだったのだ。

（あの手代さん、そろそろ口が利けるようになったかな）

白雲軒の所に寄らねばならない。そのためにわざわざ、町人姿で出てきたのである。

二

先日くぐった門の前に立つ。今日は診療日であるらしく、扉は開け放たれ、患者が何人か出入りしていた。

（由三郎さん、流行り医者だと聞いていたけど……）

松井春峰の門下では、成功したほうだと噂されていた。

（それにしては、寂れていなさるね）

もっとも、無駄話をするには好都合だ。患者の対応に忙しくては話もできない。卯之吉は例の馬小屋に入った。

「おう、卯之吉先生。代診に来てくれたのかえ。と言っても代診を頼むほど、病人も怪我人も多くないがね」

卯之吉の顔を見るなり、白雲軒は冗談《じょうだん》を口にした。

卯之吉は真面目な顔で返した。

「医者に客が少ないのは、世間様にとっては、なによりのことさ」

「ははは。春峰先生のお言葉か。懐かしいね。まあ、おあがんなさい」

一段高い板の間に畳が二畳だけ敷いてある。沓脱《くつぬ》ぎ石もないのでどこから上がってもいいのだろう。卯之吉は雪駄《せった》を脱いで上がった。

「先夜の怪我人はどうなったえ」

「ああ、奥に寝かせてある。熱も下がった。昼には粥《かゆ》を啜《すす》らせたよ」

「そいつは良かった。由三郎さんに任せて良かったよ」

「真顔で褒《ほ》めるな。照れくさいではないか」

卯之吉は袱紗《ふくさ》に包んだ小判を差し出した。

「約束した診療代だよ。受け取っておくれな」

「おう、こんなにたくさん。有り難く頂戴する、と言いたいところだが卯之吉さん。こいつはアイツの目の前で受け渡しした方がいい」

妙に世知辛いことを言い出したが、まあ、当たっていないこともない。

卯之吉は白雲軒に先導されて、奥の小屋に向かった。身動きならない病人や怪我人を介護するための施設だ。小石川の療養所のようなものである。この当時の日本では、入院施設は極めて珍しいものと言える。

もっとも、実質的には旗本屋敷の物置小屋に転がされているだけだ。環境は良くない。

白雲軒は建て付けの悪い扉をガタピシと押し開けた。

「お前さんの命の恩人が見舞いに来てくれなすったよ」

卯之吉も、暗い小屋の中に入る。

問題の男は、全身を晒《さら》しに包んでいたが、商家の奉公人らしく律儀な態度で正座し直した。かなりの激痛に襲われただろうが、卯之吉に礼をしたい気持ちのほうが勝ったようだ。

「このたびは、手前の命を救ってくださり、まことにありがたく、なんと御礼申したらよいか、感謝の言葉もないほどでございます……」

男は晒しに巻かれた身体を苦労して折って、深々と低頭した。

「やめておくれな。身体に障るよ。傷が塞がるまでは無理しちゃいけない」

卯之吉は男を寝かしつけた。

男は、問われるがままに名乗った。やはり白滝屋の手代だった男で、嘉助《かすけ》という名前らしい。

「いいえ、良く考えれば、嘉助は白滝屋の旦那様に頂いた名。親にもらった名は三太《さんた》です。今日からは三太に戻ることにいたします」

商人も、丁稚《でっち》から出世するに連れて立派な名前に変わっていく。

「どれどれ三太さん。それじゃちょっと見せておくれな」

卯之吉は三太の晒しに顔を近づけて、鼻を鳴らして臭いを嗅いだ。血の臭いはしたが、膿《うみ》の臭いはしない。

「良かった。化膿はせずに済んだようだね。残暑が厳しいから心配していたよ」

「だ、旦那様も、お医者様なんで?」

白雲軒が代わりに大きく頷《うなず》いた。

「ああそうだ。わしなんかより、よっぽど腕の立つ名医だぞ」

卯之吉はまた大慌てで否定しなければならなくなった。

「ところで、卯之吉殿」

白雲軒がわざとらしく咳払いした。

「ここな三太の治療代だが、そうさな、五両ほど頂戴したい」

先ほど差し出した金額をそのまま口にした。普段の卯之吉は実に無造作に金を出す男なのだが、さすがにこの場ではそうはいかない。三太の目の前だ。ぎこちない態度で金を渡した。

三太は恐縮しきっている。

「文無しの手前を救ってくださったばかりか、お医者のお代まで……ううっ」

感極まってオンオンと泣きはじめる。卯之吉のもっとも苦手な愁嘆場だ。こっぱずかしいし面映《おもはゆ》い。正直言えば尻をまくって逃げ出したい。この男から白滝屋の内情を聞き出さねばならない、という思惑がなければ、本気で飛び出していただろう。

白雲軒が三太を諭《さと》した。

「それなら早く元気になって、働きに出て、少しずつでも金を返していくことだ。今日からは悪い了見など起こしてはならぬぞ。自棄になって刃物を振り回すなど以ての外だ」

「へい。先生の仰《おつしや》る通りで」

　またも大声で号泣する。子供ではない。中年男だ。それが手放しで泣いている。

　卯之吉は内心、辟易《へきえき》とした。

　別の患者が来て、龍山白雲軒は診察所に戻った。小屋には卯之吉と三太だけが残された。

「お前さん、どうして白滝屋さんを追い出されたのかねえ」

　卯之吉は三太に訊ねた。三太はまだ、幼児のようにしゃくりあげていたが、ようやく口を開いた。

「手前にもわからないのです。手前の不調法を隠そうなどとは思っちゃいません。ここまで堕《お》ちた手前です。いまさら嘘偽りを申してなんになりましょう」

「ふぅん」

　女中たちも、どうして彼が主人一家の逆鱗に触れたのか見当がつかないと言っていたようだが、本人にも思い当たることがない様子だ。

「何か、知ってはいけないことを知ってしまったとか、気づいてはいけないことに気づいてしまったとか、そういうことはないかねえ」

「いえ、そのようなことは……」

盛んに首をひねっている。あれだけの大店で手代を務めた男だ。まるっきりの阿呆《あほう》ではないだろうから、思い当たることがないのだとしたら、それは何事もなかった、ということなのかもしれない。

卯之吉は、思い切って訊ねてみた。

「若旦那の七之助さんだけどね、神隠しの前と後とで、別人に入れ替わっている、などということは、ないだろうかね」

「別人、と仰いますと」

「神隠しで消えた七之助さんと、半月ほどして戻ってきた七之助さんは別人なのではないか、ということさ」

「滅相もございません。戻って参りましたのは、確かに、七之助でございます」

七之助、と呼び捨てにしたのは、白滝屋を恨んでいるからではなく、自分は白滝屋の者だ、という意識がまだ抜けていないからだろう。

「確かかえ」

「はい。同じ屋敷内に暮らしているのでございます。見間違えるはずがございません。手前は七之助のむつきを取り替えたこともございます。けっして、別人と取り違えるようなことはございません」

番頭になって通いが許されるようになるまで、店の者は主人一家と同じ屋根の下で生活する。

卯之吉は呑気な顔つきながら、考え込んだ。女中の言い分とは食い違う。どちらの言っていることが正しいのだろう。

（これは、もう一度、白滝屋さんに当たってみる必要がありそうだねえ）

着物の裾を払って立ち上がった。

「まあ、養生おしよ。また見舞いに来るからね」

慌てて平伏する三太を残して、馬小屋に戻った。

患者は帰ったようだ。白雲軒は長崎から持ち帰った椅子の上でそっくりかえって、蘭書を読んでいた。

「由三郎さんみたいな名医が暇を託《かこ》っているなんて、世の中のお人はよっぽど健やかなんだねぇ」

「そうでもない」

白雲軒は書物から顔を上げて、無精髭の生えた顎を撫《な》でた。

「病人も怪我人も大勢いるがね。みんな、爛堂《らんどう》の所に通ってる」

「どなただえ？　流行り医者かえ」

「確かに流行ってる。が、流行り医者と言うよりは安い医者だ。腕はお安くないが診療代が安い」

「そりゃあ結構な話じゃないか」

「なにが結構なものか」

白雲軒は、この男にしては珍しく、怒気を露《あらわ》にさせた。

「医者だって伊達《だて》や酔狂で大金をとってるわけじゃない。医術というものは金がかかるものなのだ。薬代だって良薬の値は天井知らずだ。貧乏人に救いの手を差し延べるのは結構だが、そんな偽善はすぐに破綻する。やっていけるわけがないんだからな。医者や薬屋が破産して困るのは誰だ。病人や怪我人じゃないか。爛堂を野放しにしておいたら江戸中の医者や薬屋が潰《つぶ》れるぞ。そうなったらどうなる。俺が習得した医術の技も、後世に伝えることができなくなるじゃないか」

卯之吉は、難しい話や深刻な話は苦手だ。深刻な場面でも薄笑いを浮かべてしまうような男である。

「困ったことだねぇ」

と、気の抜けた声で相槌をうったが、あまりにも気合の入らぬ声だったので、白雲軒の気勢まで削がれてしまった。

「お前さんは、お気楽で良い。神経の医者になるといいかもしれんな」

「なんだえ、それは」

「気鬱《きうつ》の病なんかを治す医者のことさ。お前さんを見てると、誰でも幸せな気分になる。いい加減に生きていれば、幸せになれそうな気がしてくる」

「褒めているのかえ、それは」

神経という言葉は江戸時代からあって、有名な怪談、『真景累ケ淵《しんけいかさねがふち》』の真景は、神経にかけてある言葉だ。幽霊だの祟《たた》りだのというのは、神経の病気による妄想だ、とタイトルで茶化しているのである。

もっとも、神経が流行語になったのは幕末頃で、この当時はまだ、一部の医者の間でしか通じない言葉であった。

その時ふと、思い当たることがあって、卯之吉はポンと手を叩いた。

「そうそう。神経の病と言えばさ、人の記憶が消えて無くなっちまう病があったよね」

もしかしたら、神隠しの正体がこれなのでは、と閃《ひらめ》いたのだ。

た。

「ああ、あるな」

「由三郎さん、詳しく知ってるなら、教えてくれないかねえ」

「それならそれこそ、爛堂の専門だ。あいつはそっちの医学を学んでいた男だったはずだぜ」

「そうかえ」

爛堂という医者にも興味が出てきた。卯之吉は、爛堂を訪ねてみることにした。

三

卯之吉はその足で町医者爛堂の屋敷に向かった。普段は無気力怠惰《たいだ》なくせに、興味のある事象に出くわすと、俄然《がぜん》、活動的になる。

爛堂の診療所は横大工町《よこだいくちょう》にあるのだという。その一帯は商家の並んだ繁華街だが、仕舞屋《しもたや》（廃業した商店）のひとつを借りて開業しているらしい。

卯之吉は町人の姿のまま乗り込んだ。相手は忙しい流行り医者なのだから、無駄話につきあってくれるかどうかはわからない。同心の姿で高飛車に諮問《しもん》したほうが良さそうなのだが、卯之吉は一刻も早く爛堂に会ってみたくてたまらず、そこまで思案を巡らせる余裕はなかった。

「ああ、あそこだ」

白雲軒に教わった通りの場所に、医工の看板がかかっていた。

もともと商家の造りなので間口が広い。気軽に入ってみたくなる。旗本屋敷の厳《いか》めしくて高圧的な門構えの奥で開業している白雲軒とは大違いだ。

実際に千客万来の有り様だ。もっとも、医工の客は病人、怪我人だから、どれだけ繁盛していても活気には乏しい。

「御免なさいよ」

卯之吉は表店に踏み込んだ。（なにか変だな）と感じたのは、暖簾《のれん》がないせいだ。

爛堂の弟子らしい若者が近づいてきた。普通の商家なら、卯之吉の着物の高級な生地と仕立てから「これは上客だ」とすぐに見抜いて揉《も》み手のひとつも始めるのだが、さすがに医家だから生真面目な顔をしている。

「ご病気ですか。お怪我ですか」

卯之吉はとぼけた顔で小首を捻った。

「病気といえば、病気なのかねぇ。……いや、病気かどうかもまだわからないんだが」

放蕩者《ほうとうもの》が悪ふざけをしに来たのかと思ったのか、生真面目な弟子は眉間に困惑と不快感を滲《にじ》ませた。

卯之吉は素知らぬふりで続ける。

「本人は神隠しだと言ってるんだが、神経の病じゃないかという気もする」

「ははあ、そういう病ですか」

弟子は愁眉《しゅうび》を開いた。あくまで生真面目な男らしい。真摯《しんし》に聞く姿勢に戻っている。

「こちらの先生が、神経の病にお詳しいと耳にしたのでねぇ。ご相談に伺った、という次第さ」

『簪《かんざし》は後ろに挿すな』の譬《たと》えもある。まず最初に好印象を持たせなければならない。卯之吉は弟子の袖にサッと小判を忍び込ませた。

「これは？」

弟子は怪訝《けげん》な顔をした。医学の勉強ばかりに励んでいて、世間の挨拶に慣れていない様子だ。

卯之吉は蕩《とろ》けるような笑顔を向けた。

「こちらの先生は、貧しい御方にも分け隔てなく投薬なさると聞いたのでねえ。さぞお薬代もかさむことだろう。これは少ないけど、ほんの志さ。お薬代の足しにしておくれなさい」

「これは。有り難いことにございます」

若い弟子は丁寧《ていねい》に頭を下げた。弟子と卯之吉の話を聞いていた貧乏人たちも、一斉に頭を下げる。そんなことになるとは思わなかった卯之吉は、はげしく赤面した。

弟子はいったん奥に消え、すぐに、先生の返事を持って戻ってきた。

「ご相談を承る、と申しております。こちらへどうぞ」

割り込みだが、薬代を持ってくれた金持ちを非難できる貧乏人はいない。それでも卯之吉は「すまないねえ。すぐに済むから」などと恐縮しながら奥に入った。

爛堂は診療所の奥にドッカリと座って茶を飲んでいた。チラリと目を向けて、「おや」という顔をした。

「お前さん、松井春峰先生の御門下だったたね」

卯之吉も気がついた。いつかどこかで見た顔だ。……が、どこの誰で、なんという名前だったか思い出せない。それは向こうも同じことのようだ。

爛堂は四十代の年格好、赤ら顔の小太りで、胸まで垂れる長い髭を生やしていた。眉が濃く、目玉がギョロッとしている。鍾馗《しょうき》様に似た顔だちだ。鍾馗は魔よけの神様で、その絵姿を飾っておくと病が癒《い》えると信じられていた。医工としては縁起のよい顔かもしれない。

卯之吉はシャナリと膝を折って、折り目正しく挨拶した。

「卯之吉と申します。お忙しいところ、突然に押しかけてしまい、申し訳なく思っております」

「ああ、構わない。今日は今のところ、手のかかる患者はいない。弟子たちに任せておけば大丈夫だ」

そう言っている間にも、隣の施術所では、病人や怪我人たちが若い医工たちの診察や施術を受けている。貧乏人から金は取らない方針のようだが、それでこれだけの弟子を抱えてやっていくのは大変だろう。どこかの篤志家の援助を受けているのに違いない。

「そっちの患者のほうが重篤な様子だな」

「はあ」

「弟子からあらましは聞いた。記憶を喪失しているのか、記憶の脈絡が混濁しているのか。なるほど、難しい患者のようだ」

どうやら爛堂は、卯之吉がまだ医工をやっているのだと思い込んでいる様子だ。手に余る病人を抱えた時に、その方面の専門医師に伺いを立てるのは、医工の世界ではままあることだった。

本当のことを話すと、自分が同心であることを白状せねばならなくなる。面倒なので調子を合わせることにした。白滝屋の七之助の様子を、知見した限りに語って聞かせた。

「ふうむ、なるほど。なんだろうな、それは」

爛堂は、その患者は頭に傷を作っていなかったか、大酒は飲むのか、飲むとしたら飲酒歴は何年か、などなど訊ねた。

卯之吉には答えようもない質問だったが、そういう事故歴や生活習慣を持つ者が記憶を混乱させやすい、ということは理解した。

「次に会った時に聞いてみましょう」

矢立を取って質問事項を懐紙に書き記す。

「焦《あせ》らずゆっくりと治していくことだ。……治るかどうかは確言できんが」

爛堂は、温《ぬる》くなった茶を一口飲んで、渋い顔をしながら続けた。

「他に何か、気になることはあるか」

「はぁ、気になると言えば、……神隠しから戻ってから、お人変わりがしたようです。優しいお人だったのに、急に粗暴になったという話で」

「うむ。それも、頭に深い傷を負った者や、酒毒に冒された者に特有の症状だ」

さして珍しい話でもないらしい。卯之吉は少し、拍子抜けをした。この程度の医療知識がなかったせいで、要《い》らぬ無駄足を踏んでしまったようだ。

「やはり、天狗の神隠しなどではなく、神経の病が原因のようだな」

爛堂はひとりで納得している。

患者たちが爛堂の診察を待っている。卯之吉は早々に退散することにした。

「これを……」

懐紙に小判を五枚ほど包んで畳の上を滑らせると、爛堂は目を細めて微笑んだ。

「さすがは松井春峰先生の御門下だ。金を持っている。有り難く頂戴するぞ」

受け取った小判の包みを額の前まで上げて、拝むような仕種をした。

卯之吉がちょうど、沓脱ぎ石に揃えられた雪駄の上に足を下ろした時だった。外の通りからガラガラと大八車の音が聞こえてきて、診療所の前で停止した。車を引いてきた数人の男衆が土間に踏み込んでくる。和泉屋《いずみや》と書かれた紺色の印半纏《しるしばんてん》を着けていた。

「御免よ御免よ！　怪我人だ！」

魚河岸のような威勢の良さで、戸板に乗せられた怪我人が担ぎ込まれてきた。他の病人たちを押し退《の》けて踏み込んできて、一段高い板敷き（商家として使われていた頃の帳場）の上に乱暴に放り出した。

戸板の上では血まみれの男が呻《うめ》いている。額がパックリと割れて満面が血の色に染まっていた。腕も折れているようで、腕全体が有り得ない形に曲がっていた。

さらには伊達な着こなしの、商家の番頭風の男が入ってきた。狐のような顔つきで愛想笑いを浮かべている。冷酷で計算高そうな笑顔だった。

「御免下さいましよ。爛堂先生、怪我人をお連れしました」

奥から爛堂がのっそりと現れた。チラリと怪我人に目をやってから、番頭風の男を睨《にら》み付けた。

「お前さんは」

番頭風の男は、気障《きざ》な薄笑いを浮かべるとチラッと頭を下げた。

「あたしは、橘町《たちばなちよう》の材木商、和泉屋の五番番頭、佐太郎《さたろう》と申します。そしてこれが――」

板の間で呻く中年男に目を向けた。

「手前どもの木場で働く人足で、名は治助《じすけ》」

卯之吉は治助の怪我を繁々と見た。倒れてきた材木の下敷きになったようだ。

爛堂は険しい顔つきで佐太郎を睨んだ。

「はるばる橘町の木場から怪我人を運んできたっていうのか。橘町に医者はいないのか」

「いえ、おりますが。……しかし、横大工町の爛堂先生なら、安く怪我人を診て下さるという噂でしたので。こうしてお伺いいたしました」

爛堂の顔つきがさらに険悪になった。

「橘町の和泉屋さんは、怪我人の治療費も満足に払えないほど困窮なさっているのかね」

「まさか。手前どもは、千代田のお城の御用も承る、江戸でも有数の材木商にございますよ」

佐太郎は爛堂の険しい眼光を受け止めて尚、せせら笑った。

「事故はこの者の不注意が原因で起こったもの。売れば百両にはなる柱が二本、駄目になりました。損料を頂戴したいぐらいの話なのに、どうして治療代を出してやらねばならぬのでしょう」

爛堂の顔が怒りで真っ赤になった。太い拳を握りしめて身を震わせた。

爛堂の弟子たちも袖まくりをして前に出てくる。

「言わせておけば！　人の命と柱の二本と、どっちが大事なんだ！」

怪我人を担いできた和泉屋の人足たちも負けじと踏み出してくる。一触即発で、殴り合いが始まりかねない空気が流れた。

「まあ、待っておくれな。怪我人の治療が先だよ」

卯之吉はいつものんびりとした口調で割って入ると、男たちの睨み合う間をスーッと通過して、怪我をした人足の足許にかがみ込んだ。

「施術所に運んでおくれな」

全員が呼吸を飲まれてしまった。爛堂も、今、医工としてやるべきことを思い出したような有り様だ。

「うむ。話は後だ」

佐太郎は、これ幸とばかりに薄笑いを浮かべて、真実味のないお辞儀をした。

「それでは先生方、後のことは頼みましたよ」

さあ行くよ。と、ドスの利いた声で人足たちを促して帰って行った。

折れた手足の骨は後回しにして、まずは額の傷を治療することにした。

爛堂は薬を塗りたくって、晒しを巻こうとしたのだが、卯之吉が口を挟んだ。

「傷を縫ってからのほうが良くはないかねえ」

爛堂は「うむ」と頷いた。

「松井春峰先生の蘭方医術では、そのように手を加えるらしいな。正直なところ、わしもまだ見たことがない。どうだね、卯之吉さん、やってくれるか」

「いいですよ」

卯之吉はあっさり承諾すると、針と糸とを用意させた。

「アルコーレ……はないだろうから、焼酎をください」

糸と針を焼酎に漬ける。それから怪我人を押さえるように言って、先日のように傷口に振りかけた。

悲鳴を上げた人足だったが、やっぱりすぐに失神してくれたのであとは楽だ。瞬《また》くうちに傷口を縫い付けてしまった。

「すごい……！」

入り口で対応してくれた若い弟子が、感動した顔つきで見つめている。

「これでいいでしょう。こうしておけば血がとまるし、治りも早い。傷口も目立たなくなります」

爛堂と弟子たちの前で講釈した。

「あとはお好きなように」

卯之吉はまったく動じてもいないし、たいしたことをやり遂げたという実感もない。平然として手を洗ったのだが、その後ろ姿がなんとも神々しい。名医の医術を見せつけられた心地であるらしく、若い弟子はさらに深々と尊敬の眼差《まなざ》しを向けた。

折れた手足には添え木が当てられた。卯之吉が手を出すような治療ではない。爛堂の指示で弟子たちが晒しを巻きつけた。

爛堂が卯之吉の傍によってきた。

「さすがは松井春峰先生の御門下。まだお若いのに見事な腕よな」

「いえ、あたしなんぞは、でき損ないもいいところで」

「これは今の施術代としてお返しいたす」

先ほど卯之吉が渡した五両を差し出してきた。卯之吉は両手を広げて押し返した。

「頂けませんよ」

「そうはゆかない」

「こちらは貧しい人からはお代を取らない方針なのでしょう。でしたら、こちらに運びこまれた怪我人からお足を頂くわけにはまいりませんよ」

爛堂は困り顔で、しかし嬉しそうに笑った。

「では、この金はお預かりいたす」

「そうしておくんなさい。今の怪我人に、なんぞ精のつく物でも食べさせてやっておくんなさいまし」

「あんたも大いに変わったお人だ」

そう言って金を懐に戻し、ニッコリと笑った。だが、一転してにわかに厳しい顔つきをした。

「それに比べて和泉屋め。人として許せぬ所業だ！」

実質的に怪我人を、ここに置き捨てにされてしまった。

「千代田のお城の御用商人なら、人足一人の治療代ぐらい、出せぬはずがあるまいに！」

爛堂は人助けのつもりで貧乏人に救いの手を差し延べている。その善行につけこんで、医薬の代金を払えるはずの者たちまで、治療費を安く済ませようとして、怪我人、病人を預けていく。

「悪鬼の所業だ！」

鍾馗に似た顔が真っ赤に染まった。怒髪天を衝くとはこのことか、と卯之吉は思った。

卯之吉としては、大店に育った経験から、金持ちというものは吝嗇《りんしょく》だと知っている。祖父の徳右衛門《とくえもん》にしてからが異常なまでにケチだ。そもそもケチでなければ金は残らない。金銭感覚の弛《ゆる》んだ金持ちというものは、この世に存在しないと言ってもいいかもしれない。

爛堂があまりに激しく怒っているので、卯之吉は自分が殴りつけられはしないかと心配した。

「まあ、落ち着きなさいましよ」

爛堂はハッと我に返った。

「いかん。わしの悪い癖だ。若い頃から短気で他人に迷惑ばかりかけておる」

爛堂は気を取り直して苦笑した。無理して笑みを浮かべたように見えた。

善行を為すことが著しい人物は、感情が過多であることが多い。

「それにしても、この有り様では診療所を構えていくのも大変でござんすねぇ」

「なあに心配は要らん。それに、治療代は、ちゃんと和泉屋から頂戴する」

安いなりに金は請求するのだろう。

「すこしはふっかけなすったほうが宜《よろ》しいかと思いますえ」

金に頓着しない卯之吉にしては、珍しいことを口にして、早々に退散した。

卯之吉が帰ろうとすると、間口の所で背後から呼び止められた。振り返ると、最初に対応してくれた若い弟子が、神妙な顔つきで頭を下げていた。

「爛堂先生から聞きました。あなたは松井春峰先生の御弟子様なのですね」

「ええ。まぁ……」

弟子というにはあまりにも不肖だし、今の職業は町奉行所の同心だ。卯之吉は曖昧《あいまい》に頷いた。

「申し遅れました。わたしは左右吉《そうきち》と申します」

駿河《するが》にある裕福な旅籠《はたご》の息子なのだと自己紹介をした。医工を志して江戸に修業に出てきたのだという。

左右吉の目がキラキラと輝いている。卯之吉を真っ正面から熱烈に見つめてきた。

「高名な蘭学者の、松井春峰先生の御高弟にお目に掛かれるとは、光栄です！」

松井春峰は江戸でも指折りの蘭方医だ。おいそれと弟子になれるものではない。春峰の弟子だというだけでこの世界では尊敬の目で見られる。もっとも卯之吉の場合は、金の力で弟子になったようなものなので、このような目で見られるのは少々気が引ける。

そんなこととは知らない左右吉は、ひたすら憧憬の眼差しを向けてきた。

「江戸に出てきたからには是非とも一度は、松井春峰先生の教えを乞いたいと思っておりました！」

輝かしい顔つきで一気に喋ってから、一転、表情を曇らせた。

「このような不躾《ぶしつけ》なお願いを、今日初めてお会いした先生にお願いするのも気が引けますが、そのう……」

「せ、先生ってのは、あたしのことかいッ？」

卯之吉はなにやら不安になった。意味もなく他人に煽《おだ》てられても、良いことはあまりない。

「はい先生！……そのう、松井春峰大《おお》先生に、是非とも一度、お引き合わせ願えないものかと。こっ、このようなお願いを突然にするのは非礼とは存じますが、他に頼めるお人もおらず、わたしは――」

「ああ、そんなことかえ」

卯之吉はかえってホッとした。

「それなら訪ねて行けばいい。あたしの名を出してくれれば、まさか、追い返されはしまいから」

「えっ、先生の名をお出ししてもよろしいので！」

「いいよ」

卯之吉はそっけなく請け合った。松井春峰にはその後もなにかと資金援助をしている。長崎から超絶的に高額な蘭書を取り寄せてやったこともある。三国屋の卯之吉は、松井春峰の弟子であると同時に出資者《パトロン》なのだ。

卯之吉は矢立から筆を取りだし、懐紙にサラサラッと紹介状をしたためた。

「そういえば、ここしばらくご挨拶に伺ってないな。近々ご挨拶にまかり出ると卯之吉が申していたと、春峰先生に伝えておくれ」

懐紙一枚に無造作に書いた書状をピラッと手渡した。いくらなんでも無造作すぎるのだが、卯之吉には世間の常識が欠如している。

「それじゃ、頑張って修業おしよ」

悠然と立ち去る。たいした貫禄のある（ように見える）姿だ。左右吉は紹介状を押しいただくと、目に涙を浮かべた。

「卯之吉先生、ご恩は生涯忘れません」

左右吉は、卯之吉の姿が通りの角を曲がって見えなくなるまでその場に立って見送った。

四

卯之吉は一人、南町奉行所の同心詰所に座っている。

周囲を足音も高く、与力や同心たちが通りすぎて行く。皆々、霞の一党の捕縛のために駆けずり回っているのだ。戻ってきた、と思ったら、またも門から飛び出して行く。袴や着流しの裾が土埃《つちぼこり》まみれだ。額には青筋を立てて殺気だっていた。

卯之吉は一人、朝四ツ（午前十時頃）に出仕してきてからずっと、大地図の前に座っていた。自分で茶を入れて、ズルズルと飲む。何杯かお代わりした頃、昼九ツ（正午）の鐘が鳴ったので、弁当を出して食った。

この弁当は、今年の料亭番付で東の前頭筆頭になった『春日亭《かすがてい》』の仕出しである。開店して数年ばかりの若い店だ。それが前頭筆頭とはなかなかやる。どんなものかと興味を覚えたので、八巻家の小者に命じて買ってこさせた。

「ちょっと、舌に媚《こ》びる味だねえ……」

食い終わって茶を喫しながら、独り、感想を洩《も》らした。

店開きして間もない料亭は無闇に張り切っているからか、味に気合が乗りすぎている。これが老舗《しにせ》になってくると、落ち着いた味わいになる。

卯之吉はまだ二十四歳だが、舌は妙に老成している。派手な味付けより、枯れた味わいのほうを好んでいた。

再びぼんやりと時間を潰す。目の前の大地図を漠然と眺めた。

大地図には霞の一党がこれまでに押し入った場所が、日時入りで記されていた。

定期的に犯行を重ねている。

（この合間はなんなのだろう）

ふと、思った。

馬鹿正直にこんな疑問を先輩同心にぶつけたら、「お前は馬鹿か」と怒鳴り返される。押し込みの準備にかかる日数か、さもなければ、盗んだ金を使い果たすまでの日数だ。遊ぶ金がなくなって、次の仕事に取りかかるから、同じ間隔で犯行が繰り返されるのだ、と、そう決めつけているようだった。

（そうなんだろうか）

そもそも盗んだ金はどこに消えてしまうのか。盗んだ金を使い果たしてから、次の仕事に取りかかったとして、その大金をどこで使っているのか。

奉行所は、吉原や岡場所などにも目を光らせている。派手に散財する者がいれば、必ずや素性を確かめる。

だが、網にかかった者は一人もいない。

それでは、盗んだ金を貯めているのか、といえば、それも違うように思える。

霞の一党は義賊気取りなのか、押し入った金蔵に千両箱が何個も積んであっても、数百両しか盗まなかったりする。金を貯めるために犯行を繰り返すより、一度に大金を盗み取ったほうが効率的で安全なはずだ。

　では、いったいなんなのか。なにを考えての犯行なのか。それが理解できた時、霞の一党の正体が割れる。そういう直感が卯之吉の胸にはあった。

　が、

（まぁ、どうでもいいことだあね）

　卯之吉は冷めてしまった茶を捨てて、新たに茶を入れなおした。

「奉行所でも、猫を飼ったら良かろうにねぇ……」

　猫は良い暇つぶしになる。蚤《のみ》取りだけで一日潰せる。

　奉行所で暇を持て余しているのは自分だけだとは気づかずに、卯之吉はそんなことを考えた。

「さてと。そろそろあたしも腰を上げて、お役を果たしに行こうかねぇ」

　白滝屋の神隠しの一件は自分の裁量に任されている。「その件はもう良い」と誰も言ってくれないので、今でも担当者のはずだ。卯之吉に命じたほうは、こんな騒動、すっかり忘れているのであろうが。

「おっ、出てきやがったな」

物売りに化けた弥二郎は、南町奉行所の脇門をくぐって出てきた卯之吉の姿を確かめて身を竦《すく》めた。

隣には丑蔵の姿もあった。近くの屋敷に出入りする担ぎ商いの格好だ。木陰で休むふうを装っている。

「野郎め、今日も素ッ町人の姿ですぜ」

「ああ、隠密裏に江戸の市中を見回るんだろう。おう、後を追《つ》けるぜ」

「合点だ」

卯之吉は、呑気そうな足運びで町人地に向かった。半町ほどの間をあけて弥二郎と丑蔵が尾行する。

丑蔵は唸《うな》った。

「どっからどう見ても、大店の若旦那だぜ。畜生、見失っちまいそうだ」

町人地に入ったことで、卯之吉の姿は他の町人に紛れがちになっている。

「おう、丑、もっと詰めるぜ。これだけ人通りがあれば大丈夫だろう」

「それにしても兄貴よう、あれが本当に、南で評判の切れ者同心なのかえ。放蕩者の遊び人にしか見えねえ」

けねえぞ」

「ばっか野郎。それが隠密廻の恐ろしさじゃねぇか。変化《へんげ》の術に惑わされちゃい

弥二郎は、額に汗をにじませている。

「良く聞けよ、丑。あの野郎はあんな姿で夜の町を流して、近寄ってくる悪党どもをバッサバッサと斬り棄てている――ってぇ話だ。『辻斬り殺し同心の八巻卯之吉』といやぁ、この世界で知らねぇ者はいねぇ」

「へえ、そうなんですかぇ」

「おうよ。黒雲ノ伝蔵一家をブッ潰したのも、八巻一人の仕業だって話だ」

「ひええっ！　野郎は鬼か」

代貸だった蕨ノ長七がとんだ不始末をしでかしたせいで、伝蔵と黒雲一家は江戸にいられなくなり、奥州街道を落ちて行った。

事情を知らない博徒の間では、卯之吉の武勇伝ばかりが一人歩きしている。南の八巻を怒らせたらとんでもないことになる、などと恐れられていた。

丑蔵はゴクリとなま唾を飲み込んだ。卯之吉の背中を怖々と盗み見る。

フラフラと頼りなく歩いているように見えるのだが、実は、あれこそが武芸の達人ならではの行歩なのかもしれない。ヤクザ者の世界でも、拳骨や腕っぷしの

太さを誇示したり、目を怒らせてすごんだりするヤッは、実は弱い。本当に強い男は、全身から無駄な力が抜けていて、一見、無気力そうに見えたりするものだ。

「こいつぁ、ますます油断がならねぇ」

尾行に気づかれたら物陰で待ち伏せされ、通り抜けざまに斬られてしまうかもしれない。丑蔵の額から脂汗が滴りはじめた。

と、突然、卯之吉が足を止めた。丑蔵も弥二郎も、鼓動をはげしく昂《たかぶ》らせた。

通りの脇から浪人者が現れた。夏だというのに黒々とした小袖と袴を着けている。見るからに暑苦しい。さらに容貌がむさ苦しい。

一目で恐ろしい剣客だと見て取れた。全身の筋骨が隆々としている。右の眉にはザックリと古い刀傷が残されていた。

「なにもんだ、あのサンピン」

丑蔵は吐き捨てたが、唇は渇ききって震えている。浪人者は全身から殺気を放っていた。意識してやっているのではあるまい。自然と殺気だってしまうのだ。よほどの修羅場をくぐり抜けてきた男に違いない。殺した相手は一人や二人ではないだろう。

卯之吉は呑気で陽気な目を向けた。

「おや、水谷様じゃないかえ」

炎天下、水谷弥五郎が陽炎《かげろう》の中に立っている。総髪を乱れさせ、赤銅《しゃくどう》色に日焼けした顔貌を顰《しか》めさせている。憂悶に耽《ふけ》りつつ、何事か決意を固めた顔つきだ。いまにも抜刀して暴れ出すのではないか、などと思わせる禍々しさで、道行く人々は大きく避けて通って行った。

水谷弥五郎はズンズンと踏み込んできた。普通の人間なら気圧《けお》されて後ずさりしてしまうだろうが、卯之吉は卯之吉ならではの無神経さを発揮して、笑みを浮かべて待ち受けた。

「どうなすったえ？　そんな難しいお顔をなすって」

水谷弥五郎はガバッと頭を下げた。

「恥も省みず、頼みいる！」

「おいおい、ありゃあいったい、なんなんだよ？」

弥二郎が悲鳴に似た声をあげた。

殺気走った浪人者、おおかた上州あたりで人斬り稼業をやっていたであろう剣客が、同心の八巻に平身低頭している。一方の八巻は傲然《ごうぜん》と胸を張り、薄笑いまで浮かべて応対していた。

「こりゃあ、格が違いすぎるぜ……」

人斬り稼業の浪人者でも一目も二目も置くほどの剣豪。それが八巻の正体なのに違いない。


往来の真ん中では込み入った話もできない。水谷弥五郎は浪人とはいえ二本差しだ。人前で頭を下げさせておくわけにもいかず、卯之吉は近くの蕎麦屋の二階を借りた。

「な、なんですね。とにかく頭をお上げくださいましよ」

蕎麦屋の二階に上がってからも、水谷弥五郎は両手をついて頭を下げっぱなしにしている。顔を伏せた弥五郎の、高い鼻梁の先から、汗が滴り落ちていた。

水谷弥五郎は関八州を流れ歩いていた浪人剣客だったが、江戸に出てきてのちは用心棒として三国屋に雇われた。その剣術の腕前を徳右衛門に見込まれて、一時、卯之吉の用心棒を任されていた。

卯之吉を襲った辻斬り（実は殺し屋）を斬って棄てたのも、黒雲一家との決戦で活躍したのも水谷弥五郎なのだ。そうとは知らぬ者たちが、勝手に卯之吉を剣の達人だと思い込んでいるだけなのであった。

卯之吉にとって弥五郎は命の恩人でもある。弥五郎が陰で働いてくれなかったら卯之吉など一撃で悪党どもに始末されていただろうし、手柄を立てることもできなかったに違いない。

卯之吉としては、弥五郎をおろそかにはできない。

「あたしへの頼みごととはなんでしょう。遠慮なく仰ってください」

弥五郎は分厚く筋肉の盛り上がった両肩を震わせた。

「それがしも武士でござるッ。このような破廉恥《はれんち》な申し出は、生涯、これ一度きりのこと！　そのつもりで聞いてもらいたいッ」

「はあ。伺いましょう」

「じっ、実は……、実は、それがしには、刎頸《ふんけい》の友がござって」

「フンケイ？　なんです、それは」

「一緒に頸《くび》を刎《は》ねられても後悔せぬほどの契りを交わした友のことでござる」

「ははあ、それはそれは親しいお友達なのですね」

「左様。その親しき友が目下のところ、窮地に立たされておるのだ」

「それは大変ですねえ」

「それがし、友の窮地を見捨ててはおけず、されど悲しいかな、この水谷弥五郎、不肖にして無力！　我が微力にては友を救うにあたわず……ククッ」

弥五郎は男泣きに泣いて、丸太のような太い腕で目を擦《こす》った。

卯之吉は心底からいたわしそうな顔をした。

「それはお気の毒に……。あたしに何か、できることはございませんかねぇ。あたしで良ければ何なりと、お力になりましょうよ」

「おお！　そう言って頂けるか！」

水谷は飛びつくようにして、両手で卯之吉の手を強く握った。

「痛い痛い痛い」

卯之吉は水谷の手を振り払った。

「……それで、あたしが何をすれば、そのお友達は喜んでくださるのかねえ」

「それでござるが、そのう……」

水谷は顔を真っ赤にさせて、乙女のように身を揉《も》んで恥じらった。

「かッ金を、貸しては頂けぬか、と……」

た。

「ああ！　なんだ！　そんなこと！」

卯之吉は懐から小判の分厚く入った紙入れを取り出して、弥五郎の手に握らせた。

「あたしはてっきり、一緒にお城に籠《こ》もって、枕を並べて討ち死にしてくれとか、そういう恐ろしい頼まれ事をされるのかと思っていたよ。ああ、良かった」

卯之吉はスラリと立ち上がった。

「それじゃ、あたしはお役があるからこれで」

「う、うむ。役儀を滞らせてしまって面目無い」

「足りなかったらいつでも八丁堀の屋敷までお訪ねくださいましよ。あたしが留守でも家の者に言付け下されば、足りない金子《きんす》を御用意しましょう」

「何から何まで……ウウウッ、ご厚情かたじけなし！」

水谷の男泣きは、見ていて忍びないし、美しくもない。卯之吉はそそくさと逃げるように階下に下りた。

蕎麦屋を出る時、小銭（と言っても二分金など）の入った巾着を出し、親父に過分な心付けを渡した。

「二階の御方は酒好きだから、一升も飲ませてやっておくれ」

金を借りるという行為は、水谷にとってはよほどの恥辱であるようだ。酒でも飲まねばやっていられまい。

「一升も、飲ませちまっていいんですかい？」

親父は呆れ顔をした。

「さぁて、急がないとねぇ」

卯之吉は小走りになって、浅草御蔵近くの旗本屋敷に向かった。

その背後を影のように、弥二郎と丑蔵が追って行く。

五

「御免なさいよ。由三郎さん、いなさるかえ」

例の馬小屋を覗くと、閑散とした中で龍山白雲軒が書見をしていた。

「おう、卯之吉さんかえ」

「お言葉に従って、爛堂先生のところにお伺いを立てに行ってきたよ」

「ほう、どうだった」

「うん。恐ろしく流行ってた。金子のないお人だけじゃなく、金子のあるお人まで、爛堂先生に診てもらいたがっていたよ」

「それ見たことか」

白雲軒は鼻の穴を広げて憤慨した。

「世直し医者も結構だが、行き着く先は医術の破滅だ！　いずれまともな薬も処方できぬようになり、そこらへんの野草を煎じて飲ますようになるぞ。金のかからぬ医術など有り得ぬわ！」

結局のところ、高度な医術は金の力が支えている。蘭方医術を学んだ卯之吉も、そのあたりの事情は理解していた。だから松井春峰を金銭面で支援しているのだ。

「そうだねぇ。ま、その話は後にして、三太さんの具合はどうですね」

卯之吉が春峰を援助しているとは知らぬ白雲軒は熱弁の腰を折られ、食い足りぬやつだという顔をした。

「あの男なら、もうだいぶ良い。そろそろ出て行ってもらいたいが、行くあてはあるのか」

「すまないねえ。もうちょっと、預かってはもらえないかい」

「うむ。このご時世だ。金さえ出してくれるのなら、いくらでも預かるし、治療もするが」

「頼むよ」

　卯之吉は奥の小屋に向かった。

「三太さん、お加減はどうだえ」

　卯之吉が入って行くと、三太は起き上がって正座した。以前よりは動きが素早いし、身体が痛むようでもない。順調に治癒が進んでいるようだ。

「これは若旦那様。わざわざのお見舞い、ありがとう存じます」

「うん。今日は見舞いも兼ねてね、ちょっと訊きたいことがあるんだけど」

「なんでございましょう。何なりとお訊ねくださいませ」

「七之助さんのことなんだけどね、神隠しから戻ってきた時、頭に傷をこしらえては、いなかったかねえ」

「はい……？」

　なぜそんな話を訊きたがるのか三太には理解できない。三太は卯之吉が町奉行所の同心だとは知らない。卯之吉が白滝屋を訪ねた時は三太は恐縮して面《おもて》を伏せていた。それに卯之吉の顔を見覚えていたとしても、町奉行所の同心と、この素《す》っ頓狂《とんきょう》で金離れの良い若旦那が同一人物だとは思わないに違いない。

「頭に傷、ですか」

「そうさ。お店の主人一家は大切だろうけど、ここは有体《ありてい》に話しておくれでないか」

「手前はお店を追い出された身ですし、もはや主人でも奉公人でもございませんが。うーん。いいえ……、そのような傷はございませんでした」

「確かかえ」

「着物の下のお身体の怪我はわかりませんが、お顔や頭の怪我ならすぐに目につきましょう。そのような傷はございませんでした」

「なるほど、そうだろうね。じゃ、別のことを訊くが、七之助さんは酒をたくさん嗜《たしな》まれるかねえ」

「いいえ、御酒はほとんど召し上がりません」

「うむ、そうなのかえ」

爛堂の見立てとは食い違う。だとしたら、七之助の精神錯乱の原因はなんなのか。

「やっぱり、天狗の仕業なのかねぇ」

卯之吉がつぶやきながら首をひねっていると、三太も疲れた顔つきで相槌を打った。

「七之助様は、天狗の申し子でございますからねぇ……」

「うん。そうなんだってね」

「七之助様が神隠しに遭《あ》われた時も、大きな声では申せませんが、手前ども古参の奉公人は、『ああ、やっぱり』などと申しておりましたものです」

「そうかえ」

「なにしろ、お内儀様が神隠しに遭われていた時に、生まれたお子様でございますからねぇ」

「……なんだって？」

卯之吉は、滅多にあることではないが感情をはげしく昂《たかぶ》らせて訊き返した。

「母親も神隠しに遭っていたって？」

「はい。左様で」

卯之吉は頭を混乱させた。

「なんで？　どうして？　母親が神隠しに遭っていたら、子はいったいどこから生まれてきたんだえ？」

「お内儀様が神隠しから戻られた時には、もう、その腕に七之助様を抱いておられたのです」

「め、滅多なことは訊けないけど、あえて訊くよ。――お内儀様は、何カ月、神隠しに遭っていたんだえ」

三太も深刻な顔で俯いた。

「七ヵ月、ほどかと」

「それじゃ、神隠しに会う前、お内儀様のお腹は目立たなかったね」

「はい」

二人は顔を見合わせた。何も口に出さずとも、何が言いたいのか、何を思っているのかを察することができた。

三太は身震いをして、青い顔を寄せてきた。

「ですから、手前どもは、もしかしたら七之助様は、旦那様とお内儀様の子ではないのではないか、などと」

「では、誰の子なんだえ」

「天狗様の子を預かってきたのではないか、などと」

「おお怖い」

「七之助様は長じるにつれてますますお美しくなられ……。まるで天人もかくやと思わせるほどでございましょう。旦那様もお内儀様も、お顔やお姿が好いほうじゃございませんから、あるいは、もしかすると、などと、どうしても考えてしまうのでございます」

うーむ、と二人でひとしきり唸りあった後で、慌てて卯之吉は両手を振った。

「あ、あたしは何も訊かなかったことにする。三太さんもこの話は忘れるんだ。いいね」

「はい。そういたします」

二人は冷や汗をダラダラと流しながら頷きあった。

六

月が出たらしい。掘割に面した障子にユラユラと月明かりが反射している。

燭台で灯心がジジジ……と音を立てた。深川の場末にある陰間《かげま》茶屋。掘割から吹き込む湿気で灯心が揺れている。湿った青畳の上に、チャリンと小判が撒《ま》き散らされた。

「すごぉい！」

端整な顔だちの由利之丞が、円《つぶ》らな瞳を見開いた。その正面では弥五郎が、一見して誇らしげな、しかし内心では焦燥《しょうそう》しきったような顔つきで、微妙な笑みを浮かべていた。

「すごいよ弥五さん！　これで衣装を揃えられるよ。ありがとう！」

生《なま》ッ白《ちろ》くて細い腕を剝き出しにして、弥五郎の首筋に絡ませる。ギューッときつく抱きついて感謝の気持ちを現した。

「よせよせ。苦しいではないか。むふふ」

卯之吉に大金を借用し、首にぶっとい縄をつけられた気分だったが、それはそれとして、今は最愛の若衆に抱きつかれて目尻が下がりっぱなし、鼻の下は伸びっぱなしだ。

「さあ、お酒にしよう。祝い酒だよ。飲んでくれるよね、弥五さん」

「勿論だとも」

二人は差しつ差されつ酌み交わした。由利之丞はベッタリと寄り添って弥五郎の胸に身体を預けている。

「それにしてもすごいね。こんな大金、いったいどうしたんだい」

「なあに、この水谷弥五郎、男一匹、その気になればこの程度の金策、どうにかならぬこともないのだ」

どうにかしなければならないのは、これからの返済なのだが、これがどうにかなるかどうかはまったく見当がつかない。

「頼もしいねえ……。そんな弥五さんが好きさ」

「ふふふ」

これからのことはともかく、今は愉しむのが先だ。それに、まったく目算が立たないわけではない。

「最初に金を払うと言ったのは、白滝屋の女房なのだ。いつかとっ捕まえて金を吐き出させてやるから心配いらぬわ」

「そうだといいけどねぇ」

「なあに、高尾山に参籠《さんろう》に行っている、などと申しておったが、いずれは江戸に帰って来よう。案ずることはない」

「高尾山に参籠ねぇ……」

「うむ。あそこの女房は信心に狂っておるようでな。今までもちょくちょくと家を空けては、高尾山に籠もっておったそうだ」

弥五郎も弥五郎なりに白滝屋の内情を調べている。

すると由利之丞が、なにやら意味ありげな顔をした。

「高尾山にねぇ。とんだ参籠があったもんだ。もっとも、御利益に与《あずか》ってたのはあたしらだけどね」

「なんだそれは。どういう意味だ」

「うーん。こうして世話になった弥五さんだから喋るんだよ。あたしは客の秘密をベラベラと吹聴するような、そんなお喋りじゃないからね」

と言いつつ、秘密を暴露したくて仕方がない――という顔をした。

「なんだなんだ。何が言いたいのだ」

由利之丞は声をひそめて、顔を寄せてきた。

「高尾山に参籠なんて真っ赤な嘘さ。本当は、あそこのお内儀さんは、参籠を口実に家を空けては、陰間茶屋で乱痴気騒ぎに興じていたんだよ」

陰間茶屋には同性愛者の男客だけでなく、若衆買いの女客も来る。白滝屋の内儀は若衆買いの常連だったのだ、と、その若衆である由利之丞は語った。

「だからさ、今だって高尾山なんかに行ってるはずがないのさ」

「しかし、店にはいないようだったぞ。下働きの小女に金を握らせて確かめたのだから間違いない」

由利之丞はクイッと盃を呷《あお》った。

「あたしだって必死になって行方を探したさ。他に贔屓《ひいき》の陰間でも作ったんじゃないかと、それこそあちこち探し回った。でもねえ弥五さん、お内儀さんはどこにも顔を出しちゃいないんだよ。江戸は広いったって、この世界は狭いよ。どこかの茶屋に顔を出せば、必ずそれと知れるもんだけどねえ」

「どうしたのだろう」

「さあてねぇ。あのお内儀さんは、若い男に抱かれていないと身体が三日ともたないお人さ。——弥五さん、あたしはね」

由利之丞は涼やかな目元を凝らして、弥五郎を見つめた。

「もう、あのお内儀さんは、この世のお人じゃなくなっているように思えてならないんだよ」


白滝屋の下女、おミツは、深夜にたった一人で、店の奥へとやって来た。

お店の敷地の奥の部分は、白滝屋一家の住居になっている。住み込みの奉公人や下女たちは帳場の近くや天井部屋で寝る。金銭や売り物は店じまいとともに奥の蔵や穴蔵に仕舞われるので、下女などが勝手に奥に踏み込むと叱られる。

殊《こと》に最近は若旦那が神経質になっていて、奥座敷や蔵に近づくことすら許されない。本来下女の仕事であるはずの掃除や給仕、布団の上げ下げまでさせてもらえないのだ。

下女仲間などは、仕事が減って楽でいいなどと呑気に喜んでいるが、おミツはとても喜ぶ気にはなれない。不気味で仕方がない。

さらに最近、仲間の一人が恐ろしいことを言いだした。深夜、蔵の中から女が出てくるのを見たのだという。

いったいその女は何者なのだろうか。お内儀様は高尾山に参籠に行っているはずだし、そもそも蔵から人が出てくるということ自体が有り得ぬ話である。

下女たちは「旦那様に申しあげるべぇか」と鳩首して相談したのだが、もしかしたら、お店を追われた者たちは皆、この女に関係しているのかも知れず、うっかりと告げ口などして災難を被っては割に合わない。

江戸時代の庶民の処世術は『見て見ぬふり』だ。下女たちは口をつぐんでしまった。

しかし、一人、おミツだけは別であった。

(これが、荒海の親分さんが知りたがっていたことなのかも知んねぇぞ)

おミツは一人、下女部屋の布団を抜け出して、蔵が見渡せる庭の植え込みの中に身を潜めた。怖くないと言ったら嘘になる。しかし、自分には荒海の親分さんがついているのだ。さらに親分さんの後ろ楯には天狗様より偉い御方がついていなさるはずだ。

　正直なことを言えば、手柄を立てて、もっともっと汁粉を食べさせてほしかった。食べ盛りの娘にとっては恐怖より空腹のほうが切実な問題だったのだ。

（あっ、来たッ）

　身を潜めて一刻（二時間）ほどたった頃、蔵の扉が奥から静かに押し開けられた。おミツはさらに身を低くさせて息を凝らした。

　開かれた扉の奥から、一人の女が顔を出した。歳の頃は三十の半ばであろうか。月明かりに照らされた顔は、女のおミツの目で見ても美しかった。

（ありゃあ人間だべ。幽霊じゃねぇな）

　顔つき、体つきに生気がある。後ろの光景が透けていないし足もある。

　おミツは心強くなった。人間が相手なら、それほどの恐怖もない。その女は盛んに周囲の様子を探っていたが、絶対に見つからない自信があった。

　渋谷村では罠など仕掛けて野ウサギなどを捕獲していた。鋭敏な野生動物から身を隠す術を知っている。人間の目を眩《くら》ませるなどわけもない。

　女は蔵の扉を閉めると、庭に降りてこちらに向かってやって来た。おミツが隠れた植え込みの前を通りすぎて、さらに庭の奥へ向かった。

(どこへ行くんだべか)

庭の奥は行き止まりで、泥棒除けの忍び返しを付けた高い塀が巡らせてある。

裏口の木戸があるが、落とし猿や閂《かんぬき》で何重にも施錠されていた。

女を見送ってしばらくして、おミツは植え込みから這《は》い出した。自分のどこにこんな度胸があったのか、おミツ自身、不思議に思うほどである。

裏庭を覗きこんだが、人の姿はない。おミツは裏口へ向かった。

(やっぱり誰もいねぇ……)

裏口はきちんと閉ざされている。確認したが、落とし猿も閂もきっちりと掛けられていた。外から閉めることは不可能なのだから、あの女はこの裏口から外に出たのではないことになる。

(どこさ行っちまったんだべ)

おミツが小首を捻ったその時。木戸の向こうから、囁《ささや》き声が聞こえてきた。

おミツは腰を屈めると、木戸に耳を押し当てた。

「丑蔵かい」

ドスの利いた女の低い声が聞こえてきた。蓮っ葉な物言いだ。おミツはその女が、堅気の者ではないと察した。

それにたいして誰とも知れぬ男が答えた。多分、これが丑蔵なのであろう。

「へい姐御《あねご》。ご苦労さんでござぇやす」

「急に呼び出してなんの用だい」

「へい。お頭が――」

二人は扉から離れ、そこから先は聞き取れなくなった。気配が遠くに去っていく。どうやら男の案内で、お頭とやらの許に走ったようだ。

（こいつは、どうしたもんだべか）

急に怖くなったおミツは、慌てて下女部屋に戻って、布団に潜りこみ、ガタガタと身を震わせた。

あの女は明らかに裏社会の女だ。盗人が入ったのかも知れない。だとしたら旦那様に知らせなければなるまい。

しかし、手代さんや女中頭さんのように追い出されてはたまらない。まだ給金ももらっていない。

（やっぱり親分さんに伝えるしかねぇ……）

お汁粉のことだけを必死に考えながら、おミツは恐怖の一夜を過ごした。

翌朝、黒い隈《くま》を作った顔つきで、店の前の掃き掃除をした。いつものように、荒海一家の若い者が軽薄な足どりでやって来た。

「よう、おミツ。今日も元気か」

他の者たちに怪しまれぬよう、からかい口調で声をかけてきた。

おミツは若い者に向かって、あらかじめ決められていた符丁を送った。

「ハラペコだよぉ。親分さんによう、汁粉を食わせてくれって伝えてくれよぅ」

おミツから話を聞き出した三右衛門が、白滝屋の裏口に立った。

高い塀を見上げる。忍び返しの尖った先端が鋼色に光っている。どんな身軽な者でも、これを乗り越えるのは不可能だ。

木戸を押してみるが、当然ながらびくともしない。門や落とし猿がしっかりと嚙まされているようだ。

「いってぇ、その女は、どこから出入りしたんでぇ」

考えてもさっぱりわからない。

他に、手掛かりとなりそうなのは、丑蔵という男の名だ。

「そっちのほうから洗ってみるとしようかい」

頭を使うのは八巻の旦那に任せることにして、自分は江戸の裏社会に探りを入れてみようと思った。

第四章　内儀の行方

一

内藤新宿近くの沼地から水死体が揚《あ》がった、という報を受けて、南町奉行所の同心、村田銕三郎と玉木弥之助は現場に走った。

沼地の淵の水のよどんだ辺りに葦《あし》が群生している。その中にプッカリとひとつの死体が浮かんでいた。

「女だな」

と、村田銕三郎は見て取った。着物は泥水をたっぷり吸っていたが、女物の柄が確認できた。

「あの色柄からすると、三、四十ほどの大年増《おおどしま》だ」

「まだわかりませんよ。女形《おやま》野郎かも知れませんからね」

野次馬たちの前で見得を切り、渋く決めたところだったのに玉木が要《い》らぬ嘴《くちばし》を突っ込んできたので、村田は面相を険悪に歪《ゆが》めさせた。一方の玉木は得意気な顔をしている。自分一人では何もできない半人前のくせに、他人が何か言うと揚げ足を取ったり、いちいち反論したりする。それでさも、頭が良さそうなふりをするのだ。

確かに反証は大切なことで、それが的を射ていれば、村田とて玉木の眼力を認めぬでもないのだが、玉木の場合、いつもいつもトンチンカンで的外れな物言いばかりだから頭に来るのだ。

「おい、玉木、揚げてこい」

仕返しとばかりに命じた。

「えっ、おいらがですか」

腐乱死体などには誰も触りたくはない。さらに水死体の場合、泥水に足を突っ込まなければいけなくなる。そのうえ玉木は、奉行所同心にあるまじき臆病者だった。

村田は嗜虐《しぎやく》的に笑った。

「お前ェの目玉《め》で確かめてみねェな。お前ェの見立て通りの女形かも知れねえ。そうしたら大手柄だぜ」

筆頭同心に言われたら否とは言えない。口から出た災いだが、玉木本人が自分の失言に気づいているかどうかはわからない。奉行所から引き連れてきた小者たちを指揮して、いやいやながら、死体に近寄っていった。

熊手で引き寄せて岸に揚げる。ザバーッと腐った泥水が溢《あふ》れた。腐乱臭がする。玉木はすでに顔面蒼白、いまにも吐き戻しそうな顔をした。

「どうだえ、お前ェさんのお見立て通りの女形だったかえ」

村田は橋の上に立ち、欄干にもたれて薄笑いを浮かべている。

「どうしたえ。とっとと検屍に取りかかりねぇ。歳の頃はいくつだえ？　外傷はあるかえ」

玉木は死体の傍で棒立ちになって、泣き出しそうな顔をした。本当に「ウッウッ」としゃくりあげていた。

「しょうがねぇなあ」

野次馬と小者たちの面前で、たっぷりと赤っ恥をかかせてやったあとで、村田銕三郎は悠然と肩を揺らしつつ、死体に歩み寄って行った。

と、そこへ、ヒョコヒョコと奇妙な足どりで、八巻卯之吉がやって来た。

「なんだえ、お前《め》ェ。こんな所へ」

さすがの村田も意表を突かれた思いだ。別に応援は頼んでいない。呼ぶならもっとまともな同心を呼ぶ。呼びもしないのに見習いが来るとはどういうことか。

卯之吉は、いつもの薄笑いを浮かべて、頭を下げた。

「はい。ちょっとそこで小耳に挟みましたもので。あたしもお手伝いしましょうか、と」

「ずいぶんとやる気を出しているじゃねぇか」

頭ごなしに怒鳴りつけて追い払ってやろうか、と思ったのだが、何故か、卯之吉の背後には荒海一家の三右衛門が控えていた。さらには子分衆まで従えている。さっぱり理由がわからないのだが、この大親分は卯之吉に心酔しているらしい。手下同然に走り回っている、という話だ。

卯之吉は要らないが荒海一家は役に立つ。三右衛門の顔に免じて、検屍の立会いを許すことにした。

「おう三右衛門、お前ェは野次馬を追っ払ってくれ。踏み荒らされたり、証拠の品を持ち逃げされたりしねぇようにな。目を光らせてくれ」

「あたしからも頼むよ」

「合点で」

三右衛門はいぶし銀の笑みを浮かべて低頭した。卯之吉に目を向けて頭を下げたのが、村田としては、大いに気に入らなかった。

「行くぜ、ハチマキ」

いずれにせよ、見習い同心を教育しないわけにもいかない。村田は若手をいじるのが好きだ。可愛がりもするし、苛《いじ》めもする。

「はい、ただ今。……おっとっと」

卯之吉は泥に足を取られながら、死体に歩み寄った。死体の向こうでは玉木がひっくり返っている。検屍をしようと着物を脱がせはじめたのだが、腐乱死体が露《あらわ》になるにつれて辛抱しきれなくなってしまったようだ。

村田は平然としたもので、手早く着物をはぎ取った。

「金目の物は持っていないようだな。しかし、物取りの犯行と決めつけるわけにもいかねえ。懐から自然に落ちたのかも知れねえぜ」

嗜虐的な薄笑いを浮かべて玉木を一瞥《いちべつ》した。

「泥浚《どろさら》いはあいつにやらせよう」

それから、卯之吉を呼んだ。

「おいハチマキ、見てみねぇ」

「はい。ただ今」

卯之吉は静々と歩み寄ってきて、死体の傍にかがみ込んだ。

「刀傷なんかは、ないようですねぇ」

村田の顔が険悪に歪む。

「なんだえ、やけに落ち着いていやがるな」

悲鳴を上げて腰を抜かすのを期待していたのに、当てがはずれて不愉快そうだ。

「そうかえ。同心の八巻様のお見立てじゃあ、刀傷はないかえ。それじゃあこいつは事故かも知れねえ。勝手に淵にはまったのかもな」

「村田さん、これは殺しですよ」

卯之吉が、いつになく声を潜めて言ったので、村田はにわかに真面目になって視線を向けた。

「なぜ、そう言い切れる」

「だって、ほら」

と、卯之吉は死体の足首を指差した。

「ここの皮膚だけ極端に擦り切れてます。これは縄で重石を足首に縛りつけられた跡に違いないです。殺されてここに沈められたんですよ」

村田の双眸《そうぼう》がギラリと光って、死体の足首を睨《にら》み付けた。

「どうやらハチマキの見立てた通りだな。縄で重石を縛りつけて淵に沈めたんだ。水中で肉が腐って縄が外れて、死体が浮かび上がってきたってことだ」

おい、と小者に命じる。

「聞いての通りだ。玉木に泥浚いをさせろ。見つけるべき物は縄と重石だ」

卯之吉は首を傾《かし》げている。

「生きたまま投げ込まれたんでしょうか。それとも殺された後、ここに沈められたのか」

「さあてな。殺されてから沈められた仏は肺腑に水が入ってねぇ、とかいろいろあるが、ここまで腐っちまうと、どっちにしろ肺は水浸しだ」

卯之吉はまだ、繁々と死体を調べている。いったい何を気にしているのか、村田にはそれがわからなかった。

「それでどうだったんです」

南町奉行所の同心詰所に戻ってきた村田に、尾上伸平が訊ねた。

村田はちょうど、調べ書を書き上げたところで、ドッカリと胡座《あぐら》をかき直した。

「歳の頃は三、四十ほどの女。上物の着物を着ていたぜ。呉服屋を回って生地や仕立てを検《あらた》めさせれば、どこの誰なのかわかるかもしれねぇな」

「そいつあ、手間ですね」

江戸市中に呉服屋が何軒あるのかは知らないが、それらすべてを虱潰《しらみつぶ》しに回るとなると途轍《とてつ》もない手間だ。想像しただけで足が棒になる。

村田は苦み走った容貌をニヤッと弛《ゆる》めさせた。

「なあに、玉木にやらせればいい」

裏手の井戸からザバーッ、ザバーッと、水を使う音が延々と聞こえてくる。腐乱死体の屍臭にまみれてしまった玉木が、狂ったように水をかぶり続けているのだ。

村田は底意地悪そうに笑った。

「それでもだ、古着屋の暖簾《のれん》をくぐっているかもしれねえから、持主を摑《つか》めるかどうかはわからねえけどな」

反物を買って仕立てを依頼した女が判明しても、その女が着物を古着屋に売り払っていたりしていたら、もう、そこから先はわからない。誰に買われたのか、古着屋には顧客の記録など残されていない。

無駄足になる確率が高いと知りつつ、それでも村田は玉木にやらせるつもりだ。実に執念深い。悪党を追い詰める探索ぶりも執念深いが、自分に屈辱を味わわせた者に対する仕返しも執念深かった。

その時。

「いえ、当たるかも知れませんよ、その探索」

詰所の奥のほうから声があがって、村田と尾上は視線を向けた。

並んだ机の向こう、湯の沸いた火鉢の横に端然と座って、卯之吉が茶を喫していた。のんびりと時間をつぶしているように見えて、実は先輩同心たちの会話に耳を傾けていたらしい。

村田は険悪そうな目を向けた。

「何が言いてぇんだい。おいハチマキ、言ってみねぇ」

「はい」

卯之吉は両手に茶碗を抱えて向き直った。

「今日揚がった御方は、お金持ちのお内儀です。古着を買い求めるようなお人じゃございませんよ」

「どうしてわかるんだえ」

「爪が長《なご》うございました」

「爪？」

「あれは水仕事や針仕事をなさるお人の爪じゃあござんせん。毎日遊んで暮らしている御方の爪でございますよ。そんな御方が古着を着るとはあたしには思えない。呉服屋を当たれば辿《たど》り着けますよ。あの御方の身元にね」

言うだけ言うと卯之吉はズルズルッと茶をすすった。

「チッ」と村田は顔をしかめた。

「どこの天神様にお参りしたのか知らねぇが、今日のあいつは冴えてるんだぜ」

「へへぇ？」

検屍での一件を知らない尾上は、村田に追従《ついしよう》の苦笑を向けた。

二

翌日。玉木はすぐに着物の持ち主を割り出してきた。卯之吉が着物の袖を手に取って繁々と眺め、「これは、日本橋室町《むろまち》でしか扱っていない品ですねえ」と呟《つぶや》いていたのをこっそりと耳にしていたからである。

「早々に身元が割れましたぞ！」

顔に似合わぬ胴間声を張りあげ、傲然《ごうぜん》と胸を反らせて玉木は奉行所に戻ってきた。

「そうか。お手柄だったな」

定町廻の筆頭同心、村田銕三郎がそっけなく答えた。玉木をさんざん奔走させて、無駄足を踏ませてやろうと企んでいたのに、当てがはずれてつまらなさそうだ。それに今は霞の一党の捜査でおおわらわなのである。

他の同心たちも大地図の前で鳩首会議をしている。変死体などにかまっている暇はない。

その空気を読めばいいのに玉木は、得々として自慢話をぶち上げはじめた。

「いやあ、まさかこれほど早く身元が割れようとは、我ながら己の仕事の早さ、的確さ、目のつけどころに驚き入った次第でござるが、それもこれも的確な検屍の目、洞察力があればこそでございましてな。なにもむやみやたらに探りを入れたわけではござらぬ。俗に言う『下手な鉄砲も数撃ちゃ当たる』類ではない。不肖、この玉木弥之助、昨日、かの死体を一瞥した折より、これはと思うところがございましてな。かの者が用いたる呉服は、生地といい縫箔《ぬいはく》といい、ひとかたならぬ手間のかかった上々作。仕立ての縫い目一つとってみても、江戸有数の仕立て職人の手によるものは明白！　そもそも仕立てというものは――」

「骸《むくろ》はどこの誰だったんでぃ！　とっとと報告しねぇか！」

村田にどやしつけられた。

玉木は「ヒイッ」と悲鳴を上げて縮み上がった。大手柄を立てたはずなのに、どうして叱られるのか理解できない顔をしている。

「い、因幡町の、白滝屋という油問屋の、内儀が買い求めたものだそうでございます……」

「それだけ言えばいいんだ。さっさと霞の一党の探索に戻らねぇか！」

「はいーっ」

玉木は鉄砲玉みたいに飛び出して行った。

「まったく使えねえ野郎だぜ」

村田はブッブッと悪態をついていたが、ふと、何事か思い出したような、思い出せないような顔をして首をひねった。

「因幡町の白滝屋？　確か、どっかで……」

「白滝屋なら、あたしの掛《かかり》でござんすよ」

卯之吉は火鉢の前で顔を上げた。村田はジロリと目を向けた。

「ハチマキの掛？　お前ェ《め》がなにか、掛についていたのか」

案の定、神隠し騒動のことなどすっかり忘れていたらしい。卯之吉が説明すると思い出したようだったが、格別に興味をもったふうでもない。

「じゃあお前ェが行って訊《き》いてこい。こっちは霞の一党の捕縛で忙しいんだ。こんな片手間仕事は見習いのお前ェで十分だ」

そんな次第で卯之吉は、一人フラフラと表に出た。

その白滝屋の前で、卯之吉はまたしても、水谷弥五郎と顔を合わせてしまった。

「おや。妙な偶然が続きますねぇ」

卯之吉が声をかけると水谷は、関八州で人斬りと恐れられた風貌はどこへやら、生娘のように恥じらった。

「いや、なに……」

視線も合わせず言葉をにごす水谷に、卯之吉は訊ねた。

「何ぞ、このお店に御用でもおありなのですかね」

「む……。あるかと聞かれれば、あるのだが、そのう、少々困ったことになっておるのだ」

「はあ」

弥五郎はなにを思ったのか、急に卯之吉に顔を寄せてきた。

「お主は町方の役人だったな。だとしたら、町の者の内情に通じていよう。教えてはくれぬか」

「はぁ、何をでございます」

弥五郎は、弁の立つほうではない。あれこれと頭の中で会話文を組み立てているような顔をしたあとで、訊ねてきた。

「白滝屋の内儀だが、本当に、生きておるのだろうか」

「なにを仰《おっしゃ》います」

「これは、そのう、わしの友達が、友達から訊いた話なのだが、その男は大の若衆好きでな、なにやら陰間《かげま》茶屋などと申すいかがわしい場所に出入りしておるらしく……。いや、断じて確言いたすが、わしのことではないぞ」

「はぁ、それで」

弥五郎は友達の友達から聞いた話だと断りつつ、由利之丞から聞かされた白滝屋の内儀の話を卯之吉に打ち明けた。

三

「知らない、と、仰るのかえ」

「はい。一向に存じません」

白滝屋の座敷。卯之吉の前で主の惣次郎が深々と低頭した。

「確かに、日本橋室町の京極屋《きょうごくや》さんは、手前の妻《さい》が贔屓《ひいき》にさせていただいている呉服屋さんでございます。が、手前の妻が生きている以上、その亡くなられた御方が手前の妻であるはずもなく」

「ま、生きているお人が、死体になっているはずがないよねえ」

「手前の妻は着道楽者でございまして、買い求めた着物も、一、二度袖を通しただけで古着屋に卸すこともままございます。おおかた、そのようにしてどなたかの手に渡った物でございましょう」

「ふーん」

惣次郎は卯之吉の顔を上目づかいに覗きこんだ。

「お疑いでございますか」

「疑っているわけでは――」

「それでしたら、手前の妻とお引きあわせをいたしましょう。折よく明日、参籠《さんろう》より戻ると文が届けられました。左様ですな、『月乃江《つきのえ》』はいかがでしょう。お座敷を御用意させていただきます」

月乃江は江戸でも有数の高級料亭だ。

「ああ、月乃江は困る。あたしが贔屓にしている店だ」

女将も仲居も包丁人も卯之吉の顔を知っている。同心姿で乗り込むのは不都合だ。

「えっ……」

惣次郎は目を丸くした。月乃江は大名や高級旗本、豪商たちしか利用できない名店だ。町奉行所の同心などというものは、町人地でこそ威張り散らしているが、その身分は至って低い。俸禄はたったの三十俵である。賄賂《わいろ》で稼いでいるとはいえ、高級料亭など及びもつかない経済状態なのだ。

不浄役人ごとき、月乃江の名を出せば、ヨダレを垂らすと思っていたのに当てがはずれてしまった。なぜなのかは理解できないままに、別の店の名を出した。

「それでは、『亀祥《かめしよう》』ではいかがで」

卯之吉は暫《しば》し、思案した。

「うん、そこなら大丈夫だろう」

「それでは明日の昼八ッ半（午後三時頃）にお待ちいたしております」

ということになって、翌日の昼八ッ半に、卯之吉は亀祥に乗り込んだ。お供は銀八である。

「この料亭は初めてでげすなあ」

銀八は視線をキョロキョロと投げている。

「これで最後さ。ここにはもう、二度と来れないだろうねぇ……」

同心姿で入れる店ではなく、かと言って、三国屋の若旦那に戻って入ることもできない。女将は同心八巻卯之吉の顔を忘れないだろう。

「正体を明かすことはできないからねえ」

と卯之吉は言ったが、銀八は、「正体は同心で、若旦那姿のほうが変装なのではなかったのか」と思った。

見事な庭に面した座敷に通された。簾《すだれ》越しの青葉が美しい。

「これはこれは八巻様。お待ちいたしておりました。ささ、どうぞこちらへ」

幇間《ほうかん》の銀八より如才ない物腰で、惣次郎は卯之吉を席に誘った。卯之吉は床を背にして泰然と腰を下ろした。

目の前には惣次郎と七之助、そしてもう一人、白髪の老人が低頭している。

「八巻様、ここに控えますは、手前の大伯父の金右衛門《きんえもん》でございまして、油問屋の行事を勤めております」

「金右衛門にございます」

頑固一徹を絵に描いたような老人が挨拶を寄越してきた。江戸の油屋を仕切る行事役だけあってかなりの貫禄だ。

各業種の行事役ともなるとかなりの顔だ。町奉行とも親しく交際しているし、時には膝詰めで談判することもある。業種ごとの冥加金《みようがきん》（法人税）の納入も一任されている。建前はどうあれ、実際には、ヒラ同心などより遥かに偉い。

しかし、油商いの豪商といえど、札差や両替商には敵《かな》わない。卯之吉の家には江戸有数の豪商たちが金策に訪れていた。町奉行や勘定奉行とも対等に渡り合う豪商たちが徳右衛門の前では平身低頭、孫の卯之吉にまでご機嫌をとるような有り様だったのだ。そんな環境で育ったので、卯之吉は行事役を前にしてもまったく動じていなかった。

「あい、あたしが南町の見習い同心の八巻さ。よろしくね」

例によって例のごとく、金右衛門が困惑する。卯之吉の落ち着きはらった態度と、故意に「見習いだ」などと告げる意図を計りかねている。

「ささ、まずは御一献」

銚子を手にした惣次郎が膝を滑らせてにじり寄ってきた。

「ああ、すまないねえ」

卯之吉はいかにもそれが当たり前という顔をして、無造作に盃で受けた。

町奉行所の同心とはいえ、幹部級にならなければ、豪商相手に役人風など吹かせられないものだ。日本国を動かしているのは金の力だからである。

しかしこの役人は、豪商を豪商とも思っていないらしい。惣次郎と金右衛門の額にジットリと汗がにじんできた。

それから会食となった。卯之吉はなにも考えていない様子で箸を進める。その様子を、二人の商人が凝視している。

卯之吉は、美味いものを食べた時にはほんのりと微笑み、これはちょっとどうか、というものに対しては、わずかに小首を傾げた。惣次郎と金右衛門はますます困惑した。この不浄役人は高級料亭の料理の善し悪しをちゃんと舌で判別している。常識に照らし合わせて有り得ないことだった。

二人の視線などどこ吹く風という顔をして、卯之吉はペロリと膳を平らげた。

「ごちそうさま。しかし、惜しいねぇ」

なかなかの料理だったが、この店には二度と入れない。それが惜しいと言ったのだが、言葉の意味を計りかねた二人は、普段はもっと美味いものを食べているのかと勘違いして、さらにまた混乱してしまった。

「それで。お内儀さんはまだかえ」

我がまま勝手な卯之吉だ。お腹が一杯になったので、とっとと用件を済ませて帰りたくなった。

「はっ、ただ今」

惣次郎は、冷汗まみれの顔を伏せた。それから奥に振り返って声をかけた。

「お入り」

　静々とたおやかな足どりで、一人の美女が入ってきた。歳の頃は三十の半ば。色白、細面《ほそおもて》で、今でも十分に美しい。卯之吉の前に両手をついて頭を下げた。

　惣次郎が紹介した。

「手前の妻のトキにございます」

「おトキさんかえ」

　おトキはもう一度、低頭した。

「トキにございます。この度は手前ども白滝屋がとんだ騒動を引き起こし、お役人様がたにはご迷惑をおかけいたしました」

「ま、それはいいけど」

　卯之吉はおトキの顔を繁々と見つめた。三十路《みそじ》女のおトキが、恥じらってしまうほど不躾《ぶしつけ》な視線で、ジロジロと見た。

　惣次郎と金右衛門はさらに顔色を曇らせている。惣次郎の額では冷や汗が玉になっていた。

「へえ！」

　と、場所柄も弁《わきま》えずに素《す》っ頓狂《とんきよう》な声を張りあげたのは銀八だ。庭に面した縁側に座らされていたのだが、白扇をバッと開いておどけた態度を取った。

「これはたいした別嬪《べっぴん》さんだ！　弁天様もかくやのお美しさ！　こんな器量良しをご妻女になさっているなんて、白滝屋の旦那も果報者だねぇ！　憎いよッ」

例によって間の悪い幇間芸を披露する。金右衛門も惣次郎も、何が始まったのかわからない、という顔をしている。隠しきれない動揺が二人の表情に浮かんでいた。

卯之吉は「ふーん」と感心した。

「なるほど、七之助さんにそっくりだねぇ」

惣次郎は汗顔を懐紙で拭って低頭した。

「はい……。昔からそのように言われておりました」

「七之助さんの姿の良さは、母親譲りだったのだねぇ」

「はい、手前に似なくて良かった、などと常々思っております」

惣次郎は空笑いをしたが、誰も乗っては来なかった。卯之吉は無言でおトキを見つめている。

「確かに、このお人が、白滝屋のお内儀さんなんだね」

金右衛門がゴホンと咳払いをした。

「おトキは、この油商行事役、金右衛門の姪でございます。白滝屋の家つきの娘で赤子の頃より見知った顔。間違いございませぬ」

卯之吉は、さも面白そうに笑った。

「なにもそんなにムキになることは、ないんじゃないかえ」

金右衛門の満面に血が昇った。なにか抗弁しかけたが、ロをへの字に結んで黙り込んだ。

銀八が座敷に身を乗り出してくる。

「それにしてもお美しい。白蠟《はくろう》のようなお肌だ。ねえ旦那、そう思いませんか」

「お前ね、それを言うなら『白磁のような肌』だよ。なんだえ白蠟ってのは。死《し》人《びと》じゃあるまいし」

死人という言葉に反応したのか、七之助がヒイッと小さな悲鳴を上げた。

座敷は重苦しい空気に包まれたが、銀八はかまわず、調子外れのヨイショを続ける。

「このお肌の白さと言ったら、ねえ、とても高尾山から歩いてきたお人とは思えませんねえ。羨《うらや》ましいねえ白い肌！」

惣次郎は滝のように滴る汗を拭い続ける。

「それは、その……、高尾山では奥の院に籠《こ》もっておりましたし、帰りは早駕籠《かご》を使わせましたもので……」

「んー、わかった」

卯之吉は惣次郎の言い訳を遮って立ち上がった。

「確かにお顔は拝見したよ。これで得心がいった。それじゃ、あたしはこれで」

卯之吉は銀八を連れて出て行った。


七之助は惣次郎の膝を揺さぶった。

「どうしよう、おとっつぁん。あのお役人様、絶対に何か勘づいてるよ！」

惣次郎は両手の拳を膝に置いたまま、青黒い顔を伏せている。もう流す汗も尽きてしまい、一転して肌も唇も渇ききっていた。

金右衛門はしわ面《づら》を顰《しか》めさせて、煙管《キセル》を咥《くわ》えた。

「あの役人め、幇間の口など借りて、勝手放題に吐いていきおったな」

「もう駄目だ。あたしは破滅だ」

七之助が両手で顔を覆って泣き崩れた。

その肩に母親が手を伸ばして、優しく撫《な》でさすった。

「しっかりおし。お父様と大伯父様がついていなさるのだから」

「そうだ。わしがなんとかする。してみせる」

何も言わない惣次郎に代わって、金右衛門が力強く確言した。

「白滝屋から縄付きの者を出すわけにはゆかぬ」

「嫌だよ！　あたしはお縄になんかなりたくない！」

七之助が悲鳴を上げて泣き崩れた。

「わかっておる。しっかりせい。お前は『何もしちゃいない』んだ」

「そうですよ、七之助。あなたのおっかさんはここにいます」

金右衛門はトキを見つめた。

「お前は先に戻っていなさい。数日中には白滝屋の寮に移ってもらう。これからも窮屈な暮らしが続くと思うが、それもこれも七之助のため、白滝屋のためだ。辛抱してくれるだろうね」

「もちろんでございます。大旦那様」

金右衛門は「うむ」と頷《うなず》いてから、惣次郎と七之助を見た。

「二人ともこの有り様だ。覚悟が据わっているのはわしとお前だけらしい。お前さんは病気の療養を口実に寮に引きこもってもらうぞ」

おトキは、金右衛門に向かって頭を下げた。

「なにぶん、宜《よろ》しくお願い申し上げます」

その時、渡り廊下を仲居が渡ってきたので、一同は姿勢と顔つきを改めた。

「失礼申し上げます」

「なんだね」

金右衛門がいらだたしげに煙管を咥え直して訊ねた。

仲居が、おそるおそる、顔を出した。

「あのう、今、お帰りになったお役人様ですが、こちらのお代を置いていかれたのですが、よろしかったのでしょうか？」

「代金を置いていっただとォ？」

さすがの金右衛門が愕然《がくぜん》として、口をアングリと開いた。

仲居は困り顔で頭を下げた。

「お代ばかりじゃなく、『店の者一同に』と仰って、過分な御祝儀まで頂戴《ちょうだい》いたしました。……よろしかったのでしょうか」

「祝儀だと！」

金右衛門は煙管の吸い口をギリギリと噛んだ。

座敷に呼んだのはこちらだ。そもそも同心が金を払っていくはずがない。江戸の役人は町人の金にたかって生活している。

（それを、こともあろうに祝儀とは……！）

なぜ祝儀なのか。罪人を捕まえて手柄を立てるぞ、という意味か。

大店の旦那衆でもあるまいし、初めて来た店だからといって、祝儀をバラまいて帰るはずがない。

あの同心は、真っ正面から、挑戦状を叩きつけてきたのだ。そうとしか思われなかった。

四

「出てきやがったぜ。目を皿のようにして良く見ねえ」

料亭亀祥の門前に町人駕籠が横付けにされた。門口から出てきた年増が腰を屈めて乗り込んだ。

その様子を物陰から、三太と三右衛門が見守っている。

駕籠かきが掛け声をあげながら去って行く。三太は呆然《ぼうぜん》と見送った。

「今のはどなたです？」

三太がそう呟くと、背後から騒々しい気配とともに、銀八が出現した。

「今のが白滝屋のお内儀さん。ね、どうです？　いい女でげしょう」

「ええっ？」

三太が、晒《さらし》を巻いた顔を振った。

「違いますよ。今のお人はおトキ様なんかじゃございません！」

「そんなはずはねぇでげすよ。だって、白滝屋さんの旦那も、若旦那も、それからええと、鬼瓦みたいな顔をなすった大旦那さんも、揃って太鼓判を押したんでげすから」

「いいえ。『そんなはずはない』というのは手前の言葉でございます。手前は二十年前からおトキ様のお側に仕え、おトキ様の御内証《ごないしょ》を預からせていただいておりました」

おトキは親から譲られた資産で投機商いをしていたのだ、と、三太は言った。その個人資産を預かっていたのが自分だという。

「おトキ様を見間違えるはずがございません」

「四郎兵衛番所の男衆に殴られて、頭がおかしくなっちまったんじゃねぇんですかい？」

銀八はいつものごとくの無神経さで言った。

「そ、そんなことは——」

「そんなことはないさ、銀八。三太さんが言ってることのほうが正しい」

黒羽織の袖を揺らめかせながら、卯之吉がヌッと現れた。

三太はびっくり仰天している。

「わ、若旦那様！　な、なんですか、そのお姿は」

どこかの大店の道楽息子だとばかり思っていたのに、同心の格好で登場されれば驚く。

啞然《あぜん》とする三太をせせら笑いつつ、三右衛門が得意になって説明した。

「馬鹿野郎、よっく聞けよ。この御方は南町の同心様の八巻様だ。放蕩者《ほうとうもの》の格好は、悪党どもの目を欺《あざむ》く仮の姿だ。これが隠密廻っていうんだ。わかったか」

どうして三右衛門が鼻高々に言い放つのかはわからないが、とにもかくにも三太は「へへーッ」と平伏した。

「そうとは知らず、ご無礼の数々。おっ、お許しくださいまし」

「そんな挨拶は後まわしにして、三太さんに確かめてもらいたいことがあるんだけど」

「へい、何なりとお申しつけください」

「うん」

卯之吉は懐から帳面を取り出して広げた。

「——右の首筋に赤痣《あざ》。左手の甲に目立つ黒子《ほくろ》。右手の小指に怪我の痕《あと》がある。これ、誰だろう」

「ああ！」

三太は目を丸くさせた。

「それでしたら、おトキ様に相違ございません。確かに、そのような特徴がおありです」

「ああ、そうかえ。やっぱりなあ」

三太は卯之吉を見上げて、おそるおそる、訊ねた。

「あのう、おトキ様が、どうかなさったのでしょうか」

「うん」

卯之吉は表情を曇らせた。

「多分、殺しだね。殺されちまったんだよ、お内儀さんは」

「ええっ？」

その場の全員が慄然とした。

「いったいどこのどいつの仕業で！」

と三右衛門が激昂《げっこう》する。

「しかし旦那、白滝屋の旦那方は、揃ってあの女をお内儀さんだと——」

銀八が口から泡を飛ばした。三太はあまりの衝撃に声も出せない。

卯之吉は悲しげに表情を曇らせた。

「おそらく、あの中の誰かが殺したのに違いないよ。そしてみんなでかばい立てをしている」

卯之吉は空を見上げた。

「すり替えられていたのは、七之助さんじゃなくて、お内儀さんのほうだったんだ。神隠しに遭《あ》っていたのはお内儀さんだったんだよ」

五

白滝屋の一件については、上役の同心がたにお話しして、ご裁可を仰がなければならない——そう思っていた卯之吉だったのだが、その日の夕刻から、南町奉行所で大捕り物が始まって、上役たちが全員出払ってしまい、ついつい、言いそびれてしまった。

町奉行所の門のところで、捕り物出役の一団と鉢合わせをした。怒濤《どとう》のごとくに走り出てくる血気に逸《はや》った集団に巻き込まれてしまい、卯之吉はコマのようにクルクル振り回されて、道の端に弾き飛ばされてしまった。

「な、なんですね。乱暴な……」

ようやくに立ち上がり、着物の埃を払う。門番の小者に訊ねたら、また、霞ノ小源太一党が出たのだと言われた。

「ふーん」

霞の一党の探索、捕縛は自分の掛《かかり》ではない。のんびりとした足どりで同心詰所に戻ったのだが、そういう次第なので誰もいない。

「報告は、明日にしようか……」

人気のない板の間にぼんやりと座っていると、銀八がやって来た。

「旦那！　聞きやしたぜ！　えらい騒ぎだ大捕り物だ……って、旦那、そこでなにをなさってるんでげすか」

「うん。あたしは見習いだから、捕り物になんか連れてってもらえないのさ」

遊山《ゆさん》旅で置いてきぼりをくらった子供みたいな顔をした。

「こうしていても仕方がない。せっかくお前が来たんだ。どこかへ遊びに行こうじゃないか」

「冗談《じょうだん》じゃござんせんよ。町は捕り方でいっぱいでげす」

「そりゃあかえって好都合だよ。悪所への見回りが緩やかだ」

放蕩者の卯之吉は、同心になっても遊び癖が治らず、暇を見つけては遊里や悪所に出向いて行くのであるが、それらの場所には町奉行所の役人たちが巡回してくる。見咎《みとが》められてはまずいことになる。

しかし、今夜は大丈夫だ。定町廻も隠密廻も霞の一党捕縛のために出払っている。

「遊里で派手に遊ぶ機会はこんな時にしかないのさ」

卯之吉は町人姿に戻ると、いそいそと袖を振りながら奉行所を出た。

猪牙舟《ちょきぶね》を雇おうとしたのだが、川役人が出張っていて、川止めをしているらしい。江戸の流通の根幹である水路を封鎖してまで、霞の一党を追い詰めようとしているのだ。

「舟で行くのは無理だねえ」

卯之吉は陸路を歩いて行くことにした。なにごとにも無気力なくせに、こんな時だけは一所懸命である。

それぞれの町の木戸には木戸番が立っていたが、卯之吉は悠然と突破した。ある意味で大胆不敵である。小心者の銀八は、おっかなびっくり、あとをついて歩く。殺気だった役人に咎められ、番屋に拘禁されるのはまっぴらだ。

もっとも卯之吉は町奉行所の同心なのであるから、捕り方に引っかかっても問題はない。しかし、だからと言って、皆が必死で駆け回っている時に、遊びに行くのはまずいだろう。

二人は日本橋北に差しかかった。知らず知らずのうちに捕り物騒ぎの中心に近づいているらしく、さすがに木戸番に止められた。

(旦那は、どうやって切り抜けるのか)

と思っていたら、卯之吉はニッコリと木戸番の老人に微笑み掛けた。

「ヨシさん、あたしだよ」

ヨシさんと呼ばれた老人は「あっ」と声を上げた。

「こりゃあ、三国屋の若旦那さんで」

日本橋北から神田まで来れば吉原にも近い。卯之吉の顔は木戸番にも知れ渡っているらしい。

老人は呆《あき》れたような、感心したような顔をした。

「奉行所のお役人様がたが出張っている夜でも、遊びに行くんですかえ。いやあ、まったくたいしたもんだ」

「まあね。お役人様がたの捕り物を、二階座敷から見物するのも乙じゃあないか。通してくれるかい」

「ようがす。さあ、どうぞどうぞ」

「いいのかい」

「もちろんでさあ。三国屋の若旦那が千両や二千両の金を盗むなんて、誰も思いやしませんぜ」

「そうさねぇ。あたしにとっちゃあ、金は敵《かたき》みたいなもんだから」

と、その時、木戸番小屋の向かい側の、自身番から飛び出してきた若者がいた。

「卯之吉先生！　ああ、やっぱりだ」

「おや」

卯之吉は提灯《ちょうちん》を向けて破顔した。

「あたしを先生と呼ぶお前さんは、爛堂先生のところのお弟子さんだね。ええと、名前は……」

「左右吉です」

「ああそうだ。確かに左右吉さんだ。で、こんな所で何をなさっているのだえ」

左右吉は表情を曇らせた。

「足止めをされているんですが……」

こんな夜は、身元のはっきりしない者は道を通してもらえないのだ。

「そりゃあお困りだね。どちらにお行きなさるのかえ」

「はい、小石川の薬種問屋の井筒堂《いづつどう》さんの所へ……。先生のお使いで」

「そうか、お薬かえ。お前さんが薬を買って帰るのを病《やまい》のお人が待っておいでだろうに、難儀なことだねえ」

「いいえ。待っている患者はおりません。これも修業です。先生のお口利きで薬剤の調合を学ばせてもらっているのです」

「ふうん。それじゃ一緒に行こうか。途中まで同じ道だ」

卯之吉は木戸番に「このお人も連れて行くよ」と断りをいれて歩き出した。

木戸番は豪商の権威に屈して「へいへい」と愛想笑いを浮かべて了承した。

「さすがは先生だ。すごいですね！」

卯之吉が豪商の放蕩息子であることを知らない左右吉は、ただただ感動している。医者は命を預かる商売なので、木戸番を顔で突破できる。それどころか大名行列を突っ切っても大目に見られた。

もっともそれは高名な医者に限られる。苗字帯刀を許されているような名医だけの特権だ。左右吉は卯之吉のことを「この若さでそこまでの信用を得ているお医者様なのだ」と勘違いしてしまった。

ところが、その卯之吉でさえ、先に進めなくなってしまった。南町の見知った小者たちが道を封鎖している。さすがにこの先はまずい。

「霞の一党は、どこに押し込んだのだろう」

卯之吉は首をひねった。騒ぎを迂回しなければ進めない。どこが騒動の中心なのだろうか。

「銀八、お前ね、ちょっと聞いてきなよ」

「えっ」

銀八は絶句したが、贔屓の旦那の言いつけには、従わないわけにはいかない。おそるおそる小者に近づいて、一言二言、言葉を交わして戻ってきた。

「橘町の和泉屋さんに、押し入ったんだそうで」

「橘町の和泉屋？」

卯之吉は小首を傾げた。どこかで、聞いたことがある。

「どこだったろう？」

首を傾げた卯之吉の目の前に、左右吉が顔を寄せてきた。

「先生、どうしましょうか」

卯之吉の頭の中で、なにかが激しく点滅した。橘町の和泉屋と左右吉にはなにかの関連性がある。

過去に目にした光景が、脳裏にぼんやりと浮かび上がった。

狐のような顔をした番頭が、人を小馬鹿にしたような顔で笑っている。

鍾馗《しょうき》様のような黒髭が『和泉屋め、いつか必ず思い知らせてくれる！』と、激昂していた。

「……あっ、あああぁッ！」

卯之吉は我知らず叫んでいた。

これまでに霞の一党に押し入られた店の数々。盗まれた金額。定期的に、日数を刻んで繰り返される犯行。

今まで疑問に感じていた事々が、次第次第に一本の糸で繫《つな》がっていく。

「まさか、この日数の間隔は――」

たとえば、こうは考えられないか。盗んだ金で薬を買う。その薬を貧しい人々に処方する。薬と金が尽きた頃、次の犯行が行われる。

『治療代は、ちゃんと和泉屋から頂戴する』

爛堂は、たしかにそう言っていた。

「間尺が合う……」

卯之吉ははげしく身を震わせた。

「先生、どうかなさったのですか」

左右吉が不安そうな顔をして卯之吉に目を向けていた。

「左右吉さん！」

卯之吉は左右吉の肩を両手で摑んだ。なんという天の配剤か。

「左右吉さん、訊きたいことがあるんだ！　しっかりと聞いて答えておくれよ」

「はあ、わたしでよければ、なんなりと……」

事態の呑み込めぬ左右吉は、目を白黒とさせた。

「いいかえ？　柴井町《しばいちょう》の仏具屋の大和屋《やまとや》、新肴町《しんさかなちょう》の小間物屋の清香堂《せいこうどう》、村松《むらまつ》町《ちょう》の上菓子屋の但馬屋《たじまや》、米沢町《よねざわちょう》の料亭の月山亭《がっさんてい》、松枝町《まつえだちょう》の青物屋の八百政《やおまさ》、……これらになにか、覚えはないかえ？」

どうしてこんなに明瞭に記憶しているのか、自分でも驚くばかりだ。茶を喫しながらぼんやりと大地図を眺めて過ごした無駄な時間は、実は無駄ではなかったらしい。

「はい、あの……」

左右吉は、自分でも頭の中を整理しているらしく、考え考え、喋りはじめた。

「先生もご覧になりましたように、爛堂先生は、お金のない方々を診療するという使命を持っておられます。ですから診療代、薬餌代《やくじだい》を安くしたり、取らなかったりするのですが、それにつけこんで、お金をお持ちの方々までもが押しかけてくることが多々ございまして……」

「うん、あたしも見たよ。和泉屋さんがそうだったね」

卯之吉は興奮して先を促した。

「すると先生はたいそうお怒りになり……」

「爛堂先生を怒らせた相手ってのは、どなただえ？」

「今、先生が仰った方々でございます」

皆々、自分の奉公人が怪我をしたり、大病を患ったのにろくな看護もせず、投げ込みも同然にして爛堂の診療所に置いていった者たちなのだという。もちろん、診療代など持っては来なかった。

卯之吉は暗然とした。

しかし、まだ、爛堂の犯行と決めつけるわけにはいかない。

卯之吉は左右吉に訊ねた。

「お前さん、爛堂先生の所に住み込みなのかえ」

「いいえ。住み込みを許されているのは高弟の方々です。わたしは長屋住まいで。それに、お使いで遠くに出されることもございます」

そのお使いの日に限って、霞の一党が暗躍するのに違いない。ちょうど、今夜のように。

卯之吉は考え込んでしまった。この件はいったい、どうやって処理するのが良いのだろうか。

六

玉木弥之助は息を喘《あえ》がせながら、貧乏長屋の路地に入った。

「あっちに行った」だの「追え」だのという叫び声が遠くのほうから聞こえてくる。いつの間にか捕り方たちとはぐれてしまい、たった一人で、どこかの裏路地に迷い込んでしまったのだ。

玉木は疲労困憊《こんぱい》していた。心ノ臓が激しく脈打っている。意識が朦朧《もうろう》として吐き気まで催してきた。

「み、水……」

長屋の奥に向かい、井戸端に寄って汲み上げた。

井戸桶に口をつける。水質は良くない。江戸の井戸水は基本、川の水である。老人など免疫力の弱った者は、沸かしてから飲まないと腹を壊すことすらある。『年寄の冷や水』とは江戸の井戸水からきている諺《ことわざ》だ。

それでも夢中になって玉木は飲み干した。飲み終えると井戸桶を投げ捨てる。そのままドッカリと腰を落として休みたかったのだが、自分は武士だ、町奉行所の同心だ、という自負ぐらいはある。貧乏長屋の者たちに惨めな姿は見せられない。

玉木はよろめきながら、長屋の外に向かった。

「ちくしょう、悪党どもめ、いったいどこに逃げやがった」

酔っぱらいのような足どりで、長屋の木戸口から通りに出る。と、その時。何者かの黒い影がドンッと勢い良くぶつかってきた。玉木はたまらず腰を抜かして、その場に尻餅をついてしまった。

「き——」

気をつけさっしゃい！　と叱りつけようとして顔を上げ、ギョッとした。

黒装束を着け、ほっかむりをした男が、目の前に立っていたのだ。

玉木も驚いたが、向こうも激しく驚愕している。覆面の穴から出した細い両目が、細いなりに精一杯、見開かれていた。

「お、おま……」

お前は霞の一党か、と叫ぼうとしたが舌がもつれて声が出ない。玉木は狸のように丸い身体を地面の上で一回転させて四つんばいになった。

「御用だ！」

四つんばいのまま片手を伸ばして十手を突きつける。曲者《くせもの》の目には、これは特殊な武芸なのか、と見えたかも知れない。

いったい自分のどこにこんな勇気が隠されていたのだろうか、と、のちに思い出すたびに玉木は不思議に思った。玉木は蛙のようにピョンと跳ねて、太った体《たい》躯《く》全体で曲者に躍りかかった。

「野郎ッ！」

曲者も我に返って応戦する。手のひらで玉木の顔をグイグイ押して引き離そうとした。玉木は逃がすものかとしがみつく。組み合ってもつれたまま、通りをよぎって右に行ったり、左に行ったりした。

玉木にも、曲者にも、柔術など武芸の心得はなかった。まるで子供同士の喧嘩のような浅ましさで揉《も》み合う。まったく勝負のはかがゆかない。

互いにウンウンと唸《うな》りながら組んずほぐれつしているうちに、何がどうなってそうなったのか、曲者が懐に呑んでいた匕首《あいくち》の鞘がすっぽ抜けて、鋭い刃先が玉木の腕を傷つけた。

「ああーっ！　やられたーっ！」

玉木は痛みに驚いて、芝居の斬られ役のような悲鳴を上げた。曲者を離し、斬られた腕を頭上に掲げ、もう一方の手で押さえて無念の形相を天に向けた。

そんなことをしている間に曲者は素早く身を翻《ひるがえ》して遁走《とんそう》した。深い闇の中に飛び込んで姿を隠す。すぐに足音や気配も消えた。

「うわーっ、やられたー」

蝦蟇《がまがえる》のような声で悶絶《もんぜつ》していると、ようやく長屋から住人が出てきた。玉木の身形《みなり》からお役人様だと覚《さと》って近づいてくる。

「やられた！　曲者に斬られた！　い、医者はおらぬか！」

長屋から出てきた老人は、玉木の腕から流れる血を見て取り、手拭いを巻いて止血しようとした。が、貧乏長屋の住人の手拭いなど汚らしくて嫌だ、と玉木は思って乱暴に振り払った。

「医者だ！　医者の許に連れて行けッ！　うわっ、血だ！　血だ！」

長屋の住人たちは、大騒ぎをする役人を大八車に乗せて、横大工町の町医者の所まで引いて行った。


「こちらでございます」

長屋の者たちを差配していた大家が、一軒の町家の前で大八車を停めさせた。

玉木は怖々と看板を見上げた。

「町医者か。は、流行り医者なのだろうなッ？」

大家は恭《うやうや》しく頭を下げた。

「それはもう。この近在では生き神様のように尊敬されている名医の先生でございます」

大家は表戸に歩み寄って叩いた。

「爛堂先生。爛堂先生。夜分畏《おそ》れ入ります。怪我人でございます」

玉木は焦燥《しょうそう》した。そんな悠長な呼び方では、起き出してくれないかもしれぬではないか。

玉木はピョンと大八車から飛び下りると、血まみれの拳で表戸を激しく叩いた。

「南町奉行所同心、玉木弥之助である！　曲者との格闘で怪我をいたした！　戸を開けよ！」

ややあって、何者かが起き出してきた気配があり、覗き窓が開けられた。目付きの細い視線が向けられてきた。

「おう、すまぬ！　一刻を争う大怪我なのじゃ！　開けてくれ！」

「盗人の捕縛でお怪我をなされたのですかい」

くぐもった声で訊かれた。

「そうじゃ！　霞の一党との戦いで……あと少しでこの玉木弥之助がお縄にしてくれたものを！　って、そんなことはどうでもいい！　怪我の手当をしてくれ！

頼むからよォ！」

表戸のくぐり口が開けられた。医工の弟子らしい格好をした若い男が招いた。

「どうぞ、お入りください」

「おおっ、すまぬ！」

玉木は中に飛び込んだ。

奥から麻の十徳《じっとく》を着た男が出てきた。鍾馗様のような長い髭を生やしていた。

「町医者の爛堂でござる」

玉木はこれでも町奉行所の同心。町医者は折り目正しく頭を下げた。

が、その両目は不自然に鋭い光を放ち、玉木の様子を探っていたのだが、出血に怯《おび》える玉木は相手の顔つきまで確かめる余裕はない。

「斬られたのだ！　助けてくれ！」

江戸時代の知識でも、失血が多量だと人は死ぬ、という事実は知れ渡っていた。玉木は今にも自分が死んでしまいそうで、怖くてならない。

「拝見しましょう」

爛堂は落ち着きはらった態度で歩み寄ってきた。弟子らしい男が燭台を持ってくる。爛堂が玉木の傷を剝《む》き出しにすると弟子が明かりを近づけた。

「たいしたことは、ござらん」

皮膚を薄く裂いた程度の浅手だ。匕首は肘の辺りをかすっていただけだった。

「これなら、縫合の必要もござらぬな。……もっともそれがしでは縫合の処理はできぬが」

筋肉まで斬られていると治療に手間がかかるが、皮膚を裂かれた程度なら、晒しを巻いておくだけで十分だ、と、爛堂は説明した。その間に弟子が金瘡《きんそう》の薬を調合する。

調合の間にも、玉木の傷は端のほうから固まり始めていた。治療などしなくても勝手に治ってしまいそうだ。

爛堂は薬を塗って晒しを巻いた。弟子に任せなかったのは、町奉行所の同心に対する礼儀であろう。

「おおっ、すまぬ！　助かったぞ！　代金は南町奉行所か、わしの役宅まで取りにきてくれ。わしは南町奉行所同心の玉木弥之助だ」

「左様で」

爛堂は微妙な顔つきで微笑んで一礼した。

「それでは、わしは行くぞ。まだ捕り物は終わっておらぬのでな」

玉木は立ち上がりかけて、ふと、診療室の板戸の向こう側に目を向けた。

「ん？　誰かおるのか」

深夜だというのに、人の蠢《うごめ》く気配があった。大勢の者たちが奥の部屋に潜んでいるようだ。耳を澄ませば、荒い呼吸の喘ぎまで聞こえてくる。

玉木は不審げに眉根を寄せた。

爛堂と弟子の顔つきが変わる。弟子は腰の後ろに手を回して何かを摑んだ。

爛堂は答えた。

「この家には、我らがつききりで看病いたしおる病人が、何人も寝泊まりいたしております。その者たちが熱や痛みに苦しんでおるのでございます」

「ああ、左様か」

玉木は素直に頷いた。

「わしにも覚えがあるぞ。病というものは、何故か夜中に発症する。発熱したり発作が起こるのも夜中じゃ。……そういわれれば、ふむ。何故なんだろう」

「さあて……。夜には人は、身体を休めるようにできております。身体が休めば病を抑えられなくなる道理かと」

「なるほど、道理だ」

玉木は『またひとつ賢くなった』という顔つきで表に出た。駆け込んできた時は今にも死にそうな騒ぎだったのに、浅手と知らされて元気百倍だ。

「世話になった」

芝居染みた仕種で十手を構えると、「霞の一党、御用だー」とばかりに走って行った。

爛堂はその背中を見送って、微妙な顔つきでため息をついた。

「……本当に、怪我の治療に来ただけだったのか」

弟子も呆れ顔だ。

「間抜けな役人もあったものですな」

奥から弥二郎が顔を覗かせた。

「行っちまいましたか」

「弥二郎」

爛堂が険しい目を向けた。

「いくら追われていたとはいえ、役人に怪我を負わすとは何事！」

弥二郎は顔をしかめて頭を掻《か》いた。

「面目ねえ、お頭。……本当に、ものの弾みだったんで」

三人は表戸を閉めて奥に入った。診療室の板戸が開き、黒装束の盗人たちが湧いて出てきた。爛堂を中心にして土間で片膝を折る。

爛堂は一同を睥睨《へいげい》した。

「みんな、無事か」

「へい」

盗人たちが声を揃える。

「ようし。……お前たちは病人のふりをして寝床に入れ。他の者たちは看護のふりだ。いつ何どき役人が検《あらた》めにくるかわからぬ。抜かりなくやれ」

「へい」

盗人の大半が黒装束を脱ぎ捨てて、灰色の帷子《かたびら》一枚の姿になった。そして布団の中に潜り込む。病人役以外の者たちは十徳姿の医工になった。

霞ノ小源太一党が江戸市中のど真ん中で姿を完全に消してしまう手品の種がこれだったのだ。流行り医者の診療所なら、夜中に多くの男たちが集まっていても不審ではない。仮に、捕り方が乗り込んできたとしても、一斉に咳き込んだり、嘔吐《おうと》したりし始めれば、役人たちは感染を恐れて逃げ帰ってしまう。ろくに人相を検めたりはしない。

爛堂と弟子たちは、この近在では生き神様のように崇められている医工たちだ。医は仁術を地で行く名医が、まさか霞ノ小源太とその一味だとは、誰も予想していなかったのである。

小源太こと爛堂は、難しい顔で薬研《やげん》を磨り始めた。

第五章　白滝屋押し込み

一

深夜。昼間は忙しく立ち働いている白滝屋の者たちも深い眠りに落ちている。白滝屋ばかりでなく、町内全体が静けさに包まれていた。

女は一人、蔵座敷から抜け出すと、裏庭に回り、裏木戸の落とし猿を上げ、閂《かんぬき》を外して裏通りに出た。

木戸の表側から戸板の一部を操作すると、落とし猿や閂が外から施錠された。

女は足音を忍ばせて走り出した。

女は一軒の町家の前に立つと、仲間内で決められた符丁の通りに表戸を叩いた。すぐに潜り戸が開けられて一人の男が顔を出した。女にとっては見知った顔であった。

「丑蔵かい」

丑蔵は女の顔を確かめてから、頭を下げた。

「これはお弓姐《ゆみねえ》さん。お帰《け》ェりなせえやし」

お弓は中に入ると、その足で奥の座敷に向かった。

座敷には悠然と男が腰を下ろしていた。鍾馗《しょうき》様のような黒髭に白い十徳《じっとく》姿。治療に使う道具の手入れをしているところだった。

左右には盗人の手下たちが控えている。盗人の手下というには生真面目な顔つきの者たちだ。治療時に着る白衣を身に纏《まと》っていた。

勤勉実直な面差しの医工たちの中に、数人、無宿人ふうの男たちが混じってい る。丑蔵と弥二郎も、無宿人の集団の中でだらしなく酒杯を酌《く》み交わしていた。

「お頭、ただ今戻りました」

お弓は片膝をついて頭を下げた。その物腰は俊敏な女盗賊そのものである。

爛堂はジロリとお弓を見据えた。

「隣の病室では患者も寝ているんだ。ここでは『先生』と呼んでくれないか」

「これは、とんだ不調法をいたしました。いたらぬことで、申し訳ございません」

「なあに、かまわないよ。――それで、白滝屋のほうはどうだね」

「はい。ここ数日は、いたって静かなものでございます」

「お前を寮に移すという話はどうなった」

「あれこれと理由を付けて日延べにしてもらっていますが、いつまでもというわけには参りますまい。いずれ二、三日中には移されるものかと存じます」

「そうかい。引き込み役のお前がいなくなっては忍び込むのが面倒だ。それではいよいよ、江戸で最後の大仕事に取りかかるとしようか」

爛堂こと小源太の言葉を聞いて、手下たちが、殊に、丑蔵と弥二郎がいきり立った。

丑蔵は懐から手を出して、無精髭の生えた顎を撫《な》でた。武者震いを抑えきれない顔つきだ。

「腕が鳴りやすぜ！　白滝屋の金蔵にゃあ、千両箱がゴロゴロしているってえ噂だ。ねえ、そうなんでしょう、姐さん？」

話を向けられたお弓は、曖昧《あいまい》に頷《うなず》いた。

弥二郎も舌なめずりをする。

「こっちにゃあ、お弓の姐御《あねご》がついてるんだ。そんじょそこいらの引き込み役とはわけが違うぜ」

「え、ええ……。抜かりはないわ」

お弓は浮かぬ顔つきだ。爛堂はチラッと表情を変えた。

「どうした、お弓。なにか気にかかることでもあるのか」

「い、いいえ」

「白滝屋の身代を根こそぎ奪ってやろう、という話は、お前が俺に持ちかけたんだぞ。白滝屋には怨《うら》み骨髄、どうでも意趣返ししてやらないと気が済まない――そう言ったのはお前だ」

「はい、承知しております」

爛堂は訝《いぶか》しげな視線で睨《にら》みつけた。

「一つ屋根の下、実の息子と共に暮らして情が移ったか」

お弓は答えず、ただ、肩を窄《すぼ》めて身を震わせている。

「なるほど、そういうことか」

爛堂は「フーッ」と息をついた。

「申し訳ございません」

「なあに、かまわない。それなら七之助も、一緒に逃げたらいい」

お弓はハッとして顔を上げた。視線で爛堂に縋《すが》りついた。

「先生!」

「あれで七之助も親殺しだ。露顕すれば火あぶりも免れまい」

お弓は狂おしげに頷いた。

「あの同心は、もう、あらかたの目鼻をつけているものと思われます。いずれ、捕り方がやって来て――」

七之助をお縄にし、番屋に引っ立てて行くであろう。その光景を思い浮かべただけでお弓の胸は潰《つぶ》れそうになる。

「その八巻という同心、なかなかに油断のならない男のようだな」

弥二郎が勢い込んで嘴《くちばし》を突っ込んできた。

「へい。剣の腕は立つ、鼻は利く、悪党どもには情け容赦《ようしゃ》もねぇって鬼同心でさあ。おまけにどういう手蔓《てづる》か知らねえが、荒海ノ三右衛門一家を手前《てめ》ェの子分衆みたいに追い回しておりやす」

爛堂は、その同心の正体が卯之吉であることを知らない。弥二郎と丑蔵も、同心八巻が町人姿でこの診療所を訪れたことを知らなかった。

ひょうひょうとした物腰の若い蘭方医と、目下売り出し中の鬼同心が同一人物であるとは、さすがの霞ノ小源太一党でも見抜けなかったのである。

「このままでは、七之助は……」

お弓は面《おもて》を伏せた。

爛堂は長い黒髭をしごきながら考え込んだ。

「それだったら、実の母親のお前と手に手を取って、上方にでも逃げればよいのだ。母子二人、暮らしが立つぐらいの分け前は渡してやろう」

「ありがとうございます、先生」

お弓は大粒の涙をこぼした。

「まだ礼を言うのは早い。実の母子が仲良く暮らすためにも、白滝屋からたっぷりと金を頂かなければなるまい。お前が受けた仕打ちと、蒙《こうむ》った苦労の見舞金をたっぷりせしめてやらねば、こっちの腹の虫も治まらない」

爛堂はお弓から目を逸らし、配下の者どもを見渡した。

「これまでのような、診療代金の取り立てとはわけが違うぞ。今度の討ち入りはお弓が受けた恥辱の意趣返しだ」

弥二郎が目を輝かせた。

「それじゃあお頭、今回は有り金全部を盗んでもいいんで？」

「ああ。義賊気取りなどする必要はない。白滝屋の身代を潰すつもりで掠《かす》めとってやるのだ」

「そうこなくっちゃ」

弥二郎や丑蔵、無宿人たちが色めきたった。

「これで霞ノ小源太一党も幕引きだ。この仕事が終わったら赤の他人。そういうことでいいだろう」

爛堂は決然とつぶやいた。

「盗人稼業からは足を洗いなさるんで？」

丑蔵が訊《き》いた。

「そのつもりだ」

「もったいねえなあ。それだけの盗人の腕がおありなさるのに」

「わしにもったいないものがあるとすれば、それは医術の腕のほうだ。わしはもっと、大勢の人たちを救いたい」

爛堂は遠くを見た。卯之吉のことを思い出している。

「あの若い医工には思い知らされたよ。さすがは松井春峰の弟子、たいした腕だ。これからは蘭学だな。わしも長崎に行って、修業をやり直すことにする」

配下の盗人、否、医術の弟子たちが一斉に身を乗り出した。

「先生！　わたくしもお供を！」

「わたくしも、是非！」

爛堂は目を細めて頷き返した。

「ああ、皆で長崎で修業しよう。白滝屋の蔵には、それぐらいの金は十分にあるはずだ」

丑蔵と弥二郎は皮肉そうに唇を歪《ゆが》めながら言った。

「あっしらは江戸に残りやすぜ。盗人稼業を続けまさぁ」

「うむ。それも良かろう。霞の一党が今日までやってこれたのは、そのほうらのお陰だ。元来わしらは素人。そのほうらの知恵を借りなかったら、病人の薬餌代《やくじだい》すら取り返せなかったに違いない」

「お頭、もったいねぇお言葉だ」

弥二郎と丑蔵、無宿人ふうの数名は、正座し直して頭を下げた。

「あっしらのようなはぐれ者が、イジュツのシンコウのお役に立てただけでも幸せですぜ。なぁ、丑蔵」

「仰《おっしゃ》る通りで、弥二郎兄ィ」

医術の振興の意味など理解もしていないが、爛堂や弟子たちの口ぶりを真似て言ってみた。

爛堂は満足そうに頷いた。

「よし、決行は明日の夜だ。月齢も良し、好都合な闇夜。——皆々、明日に備えて今夜は休め」

「へいっ」

と答えて霞ノ小源太一党は解散した。

二

お弓は暗い夜道を一人で辿《たど》って、白滝屋の裏口に戻った。

裏木戸は内側から心張り棒や落とし猿で施錠されていたが、お弓は再び何かを操作して、それらを全て外した。片手で押すと、木戸は軽く開いた。

蔵座敷に戻ろうとして裏庭を歩んでいた時、

「誰だいッ」

庭木の陰に人の姿を認めて、鋭い小声で誰何《すいか》した。

人影がユラリと立ち上がり、歩み寄ってくる。

「おっかさん」

「七之助かい……」

案じ顔をした七之助がお弓の前に立った。

「こんな夜更けに、どこに行っていなすったんだえ。蔵座敷にも姿が見えないから、あたしは心配で心配で……」

「ごめんよ七之助。でも、もう大丈夫さ。おっかさんが渡りをつけてきてあげたからね」

「渡りをつけて？　いったいなんのお話です」

お弓は七之助の両肩をしっかりと摑《つか》んで言い聞かせた。

「よくお聞き。おっかさんは今、ある偉い親分さんの世話になっているのさ」

「親分さん？　それは……」

「産まれたばかりのお前を、おトキに奪われ、おとっつぁんから引き離されてこの店を追われた。……それからは身一つの流れ者さ。お前には想像もつかない苦労をしながら流れ歩いている時に、あたしを拾って救ってくださったのが、その親分さんなんだよ」

「へえ！　おっかさんの恩人なのですね。それならあたしもご挨拶に伺わないといけない」

「なあに、すぐに会えるさ。その親分さんがお前のことも哀れに思ってくださってね。江戸から逃がしてくれると仰っているんだからね」

「えっ？　どういうことです」

「お前ね、このまま江戸にいたら、あの恐ろしい同心に、いつかは尻尾《しっぽ》を摑まれてお縄になってしまうよ。だからね」

お弓は七之助の目を真摯《しんし》に見つめて、その細い肩を揺さぶった。

「ここから逃げるんだよ！　おっかさんとその親分さんに任せておけば心配要《い》らない。西国の、いや、もっと遠い所に逃げるんだ」

「でも、あたしは、おとっつぁんや大伯父様に世話してもらわなくちゃ何もできないから……」

「そんなことはないさ。人間、必死になればどうにでもなる。——そうだ、お前ね、お医者になるっていうのはどうだい？」

一緒に長崎までついて行って、爛堂から手ほどきを受ければ、医者として身を立てさせることができるのではないか。と、お弓は目を輝かせた。

しかし、七之助は煮えきらない。

「あたしは、このお店《たな》でしか生きられないよ。昔からドジで意気地なしで……。貧乏長屋の洟《はな》垂れ小僧にできることだって、あたしには出来やしないんだ」

「馬鹿をお言いでないよ！　お前ね、母親殺しは大罪なんだよ！　火炙《あぶ》りか、鋸《のこ》引きか。ここでグズグズしていたら、いつかはそうなっちまう。それでもいいのかい！」

「と、とんでもないよ！」

「それじゃあ、おっかさんと逃げてくれるね？」

七之助は、逡巡《しゅんじゅん》したのちに頷いた。

「わかったよ。あたしのことは、おっかさんと、その親分さんに任せるから」

「そうかい。うんと言ってくれるかい。嬉しいよ。これからはずっと一緒だ。二人で一緒に逃げようね」

お弓と七之助は、涙を流してひしっと抱き合った。

その時。

「ところがどっこい。そうさせるわけにゃあ、いかねえんだ」

庭の暗がりから、ひび割れた声が響いてきた。

「だ、誰だいッ？」

　お弓が鋭い声を放つ。七之助を背後にかばって身構えた。

　暗がりの中から、短軀《たんく》でいかつい男が姿を現した。凄《すご》みの利いた目つきでお弓と七之助を睨み付ける。葡萄茶《ぶどうちゃ》の地に黒縞の小袖を尻端折《しりはしょ》りにして、股引きを穿《は》き、薄い夏物の絽《ろ》羽織を着けていた。

「おいらは荒海ノ三右衛門ってぇもんだが。すまねぇな。話はすっかり聞かせてもらったぜ」

　お弓は目を剝《む》いた。

「荒海ノ三右衛門だって？」

　ついさっき、爛堂の根城で話題に出たばかりだ。

「八巻の手下だっていう親分かい」

　三右衛門はいかつい顔を綻《ほころ》ばせた。

「嬉しいことを言ってくれるじゃねぇか。世間じゃそう見られているのかい。あの旦那はまだおいらには、十手を預けてくれないんだがねぇ」

「どっから入ってきやがったのさ」

　大店《おおだな》の戸締りは厳重だ。博徒なんかが無断で入って来れるはずがない。

と、裏木戸に通じる敷石を踏んで、黒羽織の卯之吉が飄然《ひょうぜん》とやって来た。背後には幇間《ほうかん》の銀八を従えている。

「なるほど、こんな仕掛けを施して、表からでも扉を開けられるようにしていたんだねぇ」

卯之吉の手には木の細工物が握られていた。あちこちひねり回しては、興味深そうに眺めていた。

「あっ」とお弓は叫んだ。それは自分が裏木戸に仕掛けた細工だ。爛堂と連絡をつけるためには外に出なければならないこともある。自由に白滝屋を出入りできるように、外から落とし猿や閂を外せる装置を仕掛けておいたのだ。

「どうしてそれをッ」

何故、気づかれたのか。素人には絶対バレない自信があったのに。

卯之吉はニコリと微笑んだ。

「この程度のカラクリはね、カラクリ細工師を目指した者なら初歩の初歩だよ。お前さんも、どこかのカラクリ師に教わったんだろう。いや、カラクリ師から盗人に身を落としたお人かな。どっちにしてもだ、自分だけが知っている、なんて自惚《うぬぼ》れちゃあいけない」

江戸の大店には様々な芸人や興行師が御祝儀目当てで押しかけてくる。三国屋では卯之吉がこの手の出し物が大好きだったので、卯之吉にはとことん甘い徳右衛門が座敷に興行師をあげていた。

卯之吉少年は好奇心を剝き出しにして出し物を愉《たの》しむのだが、それだけでは満足せず、手品なら手品のタネを、カラクリならその仕組みを、執拗《しつよう》に知りたがった。

他の子供に対してなら、絶対にタネや仕掛けは明かさないだろう。だが、なにしろ相手は三国屋のお坊っちゃまだ。金の力には抗《あらが》えず、興行師たちは卯之吉にタネや仕掛けを明かしてくれた。

すると卯之吉は、自分が識《し》った技能や技術を我が物にしようと一心不乱に打ち込み始める。もっとも、その情熱が長続きすることはなかったのだが、この過剰な知識欲のお陰で、裏木戸に仕掛けられた解錠装置を見抜くことができたのだ。

卯之吉は仕掛けを繁々と眺めながら呟《つぶや》いた。

「女の身で、こんな細工物までこしらえたなんて……。お前さんも苦労したんだねえ、この店を追ん出されてからさ」

「どうして、あたしの正体がわかったのさ」

「荒海の親分さんが、この店に都合をつけた女中さんがね、こっそりと見ていたんだよ。蔵の中に女が潜んでいる。そしてその女は夜中にどこかに出かけるらしい——ってね」

三右衛門が得意気にせせら笑った。

「あの小娘、気の利かねぇ山出しかと思っていたら、なかなかどうして目端《めはし》が利くぜ。それでこうして後をつけて、お前《め》ェと爛堂、否、霞ノ小源太との関わりを調べさせてもらった、というわけよ」

卯之吉は続けた。

「さらにはね、三太さんがお前さんの顔を思い出してくれたのさ。『あれは十数年前に、惣次郎旦那の手がついた、下働きのお弓さんだ』って」

三右衛門がジリッと前に踏み出してきた。

「そして今じゃあ裏の世界でちったあ知られた引き込み役。夜燕《よつばめ》のお弓たぁお前ェのこった。ちっとばかし手間がかかったが、調べをつけさせてもらったぜ」

七之助だけが話についていけない。母親の袖を揺さぶった。

「引き込み役？　引き込み役ってなんだい、おっかさん！」

お弓が顔を背ける。代わりに三右衛門が答えてやった。

「引き込み役ってのはね、若旦那。大店に潜り込んで、中から盗人を手引きする悪党のことなんですよ」

「おっかさん！　まさか……、白滝屋を……」

母親のおぞましい正体を知らされて、七之助は愕然《がくぜん》とした。その息子に向かって、夜叉《やしゃ》同然の顔になった母が怒鳴り返した。

「お前を逃がす金が必要だったからじゃないか！」

卯之吉はお弓に優しく声をかけた。

「もうお芝居も幕引きだよ、お弓さん。おとなしくお縄についたがいいよ」

「こん畜生ッ！　誰が七之助の前で縄付きなんかになるもんか！」

お弓は隠し持っていた懐剣を抜いた。切っ先を卯之吉に向ける。

三右衛門が片手を翳《かざ》して制した。

「やめておきねぇ。この旦那はお前ェなんかの細腕で太刀打ちできるお人じゃねえ。息子の前で斬り殺されたいってのかい。手向かいなんかするんじゃねぇ！」

「くっ……！」

お弓は、懐剣をポトリと取り落とすと、顔を覆ってさめざめと泣きだした。

三

「もうしわけ次第もございません」

白滝屋の奥座敷で、卯之吉を上座に据えた惣次郎が、敷居を隔てた下の座敷で平伏した。

卯之吉は扇子の先でチョイチョイと差し招いた。

「そこじゃ話が遠いよ」

卯之吉の脇には三右衛門と銀八が控えている。さらにはお弓も座らされていた。

放心しきった七之助の姿もある。はだけた襟元から撫で肩を半分露出させ、生《なま》っ白《ちろ》い頸《くび》をガックリと深く折っている。

「さあて。それじゃあ、話を初めッから聞かせてもらおうじゃないか」

惣次郎が座り直すのを待って、卯之吉は自白を促した。

惣次郎は完全に畏《おそ》れ入ってしまい、蒼白な顔色ながらも気力を振り絞って低頭した。

「すべて、八巻様のお見立て通りでございます」

卯之吉は少し、困ったような顔をした。

「立ち入ったことは訊きたくないけど、これもお役目なんで辛抱しておくれな」

卯之吉は、廃人みたいになってしまった七之助に視線を流した。

「ここな七之助さんは、お前さんと、お弓さんとの間にできたお子だったんだね」

「はい。お察しの通りでございます」

「十六年前の、おトキさんの神隠し騒動は、七之助さんの本当の母親を隠すための狂言だったわけだ」

「おトキは懐妊などいたしておりませんでしたから……。腹の膨れぬ女から子が産まれるはずもございません。ですから一時の間、おトキの姿を世間様の目から隠す必要があったのでございます」

「どうして、そんな面倒なことを？　お妾のお弓さんが産んだ子を、白滝屋さんに入れれば良いだけの話じゃないか」

「おトキは跡取り娘、手前は入り婿でございます。入り婿の子を跡継ぎに据えたのでは、白滝屋の親戚筋がなにかと煩《うるさ》く、それで愚かにも、あのような狂言を考えたのでございます」

「でも、結果は同じことじゃないか。七之助さんは、おトキさんの血を引いているわけじゃないんだから」

惣次郎は凄まじい形相で、縋りつくような視線を向けてきた。

「あの時は、手前もおトキも、必死だったのでございます！」

口うるさい親類に「まだ跡取りはできぬのか」とさんざんに嘴を突っ込まれ、子のできぬ若夫婦は追いつめられていたのだ。

呑気者《のんきもの》の卯之吉には、世間体を保つために必死になる人間の気持ちはわからない。つまらなそうな顔をした。

「まあ、それはよしとしようよ。その狂言でみんなが納得したなら問題ない」

すると、お弓が蓮っ葉な口調で絶叫した。

「あたしは納得なんかしちゃいないよ！　薄情な惣次郎に身を弄《もてあそ》ばれ、産まれた子供は奪い取られ、着の身着のまま追い出されたんだ！」

鬼の形相になったお弓を三右衛門が叱りつける。

「お前ェは黙ってろ。今は惣次郎の詮議だ」

「黙っていられるもんか！　産んだばかりの子と引き離される母親の気持ちが、お前らなんかにわかってたまるもんかよ！」

卯之吉は、お弓を見た。

「辛かったろうねぇ、お前さんも……」

卯之吉は異常に感じやすい男である。思わず目に涙を溜めてしまった。そんな顔で見つめられたお弓は、まだ何か叫び散らそうとしたのだが、何も言えなくなってしまった。

「な、なんだい、このお役人は……親を亡くした子供みたいな顔をしやがって」

お弓は、もしかしたらこの同心も、幼い時に母親と死に別れたのかもしれない、などと考えた。それほどまでに真に迫って悲しい顔をしていたのだ。

ところが卯之吉の二親は健在である。それどころか養子先の親までいる。

とにもかくにも、お弓は不貞腐《ふてくさ》れた態度で黙り込んだ。

卯之吉はお弓に向かって語りかけた。

「それで、お店を追われたお前さんは、身一つで流れ歩いたんだね」

「そうさ。旅籠《はたご》で飯盛女をやったりしてね。そのうち、悪い仲間がついて、美人局《つつもたせ》をやったり、こそ泥の真似事をしたり……」

七之助が信じられないという顔で実母を見た。お弓は自嘲《じちょう》的に笑った。

「おかしいだろう、七之助。白滝屋のお坊ちゃんの母親が、街道筋で春を売ったり、盗み働きをしていたんだよ。あはは」

お弓は悔《くや》し涙を拭った。

「それでも、お前が幸せなら辛抱もできたさ。それなのに、あの女……」

卯之吉は顔つきをあらためて訊ねた。

「おトキさんと七之助さんの間に、いったい何が起こったんだえ」

すると、七之助が甲高《かんだか》い悲鳴を張りあげた。飛び跳ねるようにして平伏し、全身を激しく震わせた。

「お許しくださいッ。お、おっかさんは、あたしが手に掛けましたッ！」

全員の目が、這《は》いつくばった七之助に向けられた。

七之助は号泣している。惣次郎は両手で膝を握り締め、瞼をきつく閉じて、伏せた顔を横に振った。

その時。

「冗談《じょうだん》言うんじゃないよッ！」

お弓が吠えた。そして卯之吉の前に両手をついた。

「七之助がおトキを殺したんじゃござんせんッ！　おトキが七之助を殺そうと謀《はか》ったんでございますよッ！」

お弓は卯之吉の前ににじりよった。

「お役人様、こんな女盗人の言い分など、はなから信用できないとお思いでしょう。しかしこれは、嘘偽りのない話なのでございます。なにとぞ、お聞き届けくださいまし」

「うん。聞こうか。話してご覧よ」

「あい。お情け、ありがとうございます。あたしは白滝屋を追い出されてからというもの、その怨《うら》みを一日たりとも忘れたことはございませんでした。盗人の仲間になったのも、偸盗《ちゅうとう》の技を磨いたのも、いつかは白滝屋に仕返ししてやろう、この怨みを思い知らせてくれよう、などと、浅ましい怨念に取り憑《つ》かれていたからなのでございます」

惣次郎も息をのんで、お弓の独白を傾聴した。

「あたしは、隙あらばと思い、白滝屋の、七之助とおトキをつけ回しました」

卯之吉は訊いた。

「おトキさんはともかく、七之助さんは……。元気な姿を確かめたかっただけなんじゃないのかえ」

「それはそうでござんしょう。自分の腹を痛めて産んだ子でございます。息子の行く末が気にならない親などおりましょうか」

白滝屋に仕返ししてやろうと思っていたのか、それとも我が子を見守っていたのか、言っていることが正反対で矛盾しているが、お弓は気づいているのか、いないのか。卯之吉はあえて問い返そうとはしなかった。人間の感情は複雑なものだ。様々な思いが絡み合っている。

お弓は続けた。

「ところが、おトキは……」

「おトキさんが、なんとしたえ」

お弓の顔が激しい憎悪に歪んだ。

「おトキは、あたしの目の前で、七之助を殺そうとしたのでございます！」

「おトキさんは仮にも十数年の間、七之助さんを我が子として育んだお人だよ。いかに生《な》さぬ仲とはいえ、いきなり手にかけようとするものかねえ」

「まことの話なのでございますよッ」

お弓は卯之吉に必死の眼差しを据えた。

「旦那はあの女の本性を御存知ないから、そんな悠長なことをお言いなさるんですッ。あの女は鬼でございますよ！　子を産めぬ己の体面を守るために七之助を奪っておきながら、七之助が店を継ごうという歳になって、『自分の血を引く子ではないから』と、目の敵《かたき》にして殺そうとしたのでございます！」

「それは、本当かい」

卯之吉は惣次郎に目を向けて訊ねた。

惣次郎は、なにやら思い迷っている様子であったが、意を決したようにして頷いた。

「まことの話でございます。アレは、いささか常軌を逸したところがございました。妹の倅を跡継ぎに立てようなどと言い出し、手前も難儀させられたものでございます。七之助は実の息子として世間に披露しておりますし、それを急に廃嫡にして甥を養子にたてようなどと、とてもまともな話とは……。しかし、もう死んだ者のことでございます。なにとぞ、御斟酌《しんしゃく》をお願い申し上げます」

お弓は卯之吉にすり寄ってきて、その腕を強く握った。

「あの女は、内藤新宿の料理屋に、七之助を連れ込みました。あたしは偸盗の技で天井裏に忍び込み、その場を見てしまったのでございます」

「高尾山に参詣に行った日のことだね。七之助さんが神隠しにあった日だ」

「あの女は、参詣を名目に七之助を場末に連れ出し、手に掛けんとしたのでございますよ」

今度は七之助が涙ながらに訴えてきた。

「あたしは、怖くって……。必死になって暴れて……。気がついたら、おっかさんを逆に殺していたのでございます……」

「そうかえ」

なんとも恐ろしい話である。

「それで、それからどうしたえ。どうしておトキさんの亡骸《なきがら》が、沼に沈んでいたんだえ」

「それから先は、あたしの責めでございます。あたしは、なんとかこの場を取り繕わねばならぬ、七之助の凶行を隠さねばならぬとそればかりを思い、盗人の仲間を呼びました。そしておトキの亡骸を、近くの沼に沈めたのでございます」

「なるほど、そういうことだったのかえ」

惣次郎が膝を進めてきた。

「そこから先は、手前から」

お弓の知らせを受けた惣次郎は、お弓の登場に面食らったものの、容易ならぬ事態をすぐに理解した。そしてお弓と共謀して事件の隠蔽《いんぺい》を謀ったのだ。

まずは、内儀がいなくなったことを隠さなければならない。幸い、生前のおトキは遊興好きで、店にはほとんど出てこない女だった。寮で遊んで暮らすか、高尾山へ参籠《さんろう》に行く、と言いつつ芝居見物や若衆買いにうつつを抜かすか、そんな毎日で時間をつぶしている。いなくなったことを隠すのは難しくない。

都合よくお弓という本物の母親も現れたことだし、代役を頼むことにした。参籠していることにしたり、寮に押し込めておけば、しばらくは世間の目も、親類も騙《だま》すことができるだろう。ほとぼりが醒めた頃、急死したことにすれば良い。

「しかし、さすがに後見役の金右衛門にだけは相談しました。金右衛門も、白滝屋の暖簾を守ることが大事と考え、手前どもの策に協力してくれたのです」

「それじゃあ、七之助さんの神隠しの噂はなんだったんだえ」

「はい。母親を手にかけた七之助は、気鬱《きうつ》のようになってしまいまして。それに、お弓が本当の母親であることを納得させねばなりませんでした」

その心構えができるまで身を潜めさせていたら、いつの間にか「白滝屋の若旦那がいなくなった」などと噂を立てられてしまったのだという。

「今思えば畏れ多い、横着な考えだったのですが、手前どもは、これを好機だと考えました。七之助に世間の好奇の目が向けられている間は、おトキの失踪を隠すことができるだろう、などと……」

「ははあ。なるほどね」

神隠しに遭《あ》った息子を案じて参籠しているとか、気鬱の病にかかったとか、御礼参りに行っているとか言えば、姿を見せない口実になる。

「ところがそれが、あまりに大きな噂になってしまったがために、お奉行所にまで聞こえてしまい、こうして八巻様にすべてを暴かれてしまいました。天網恢恢《てんもうかいかい》疎《そ》にして漏らさずとは、まさにこのことでございましょう」

話し終えて惣次郎は俯いた。

「お役人様！」

お弓が必死の形相で迫ってきた。

「あたしは女盗人！　どうしたって獄門は免れぬ身！　いまさら何を恐れましょう。ですから嘘は申しません。おトキは七之助を殺そうとしたのです。なにとぞ、七之助には寛大なお裁きを！」

「ああ」

卯之吉は、チラッと七之助を見た。七之助は身も世もなく泣きじゃくっている。

「そうかえ。わかった。あたしにできるだけのことはしよう」

お弓は「ありがとうございます」と何度も何度も言った。

それから両手を揃えて差し出した。縄をかけてくれ、という意味だ。

卯之吉はその手を押し戻した。

「待っておくれな。お前さんのことはいずれ捕まえるけど、今は困る」

お弓は不可解そうな顔をした。

「どういうことでしょう」

惣次郎が代わりに訊ねた。

「まだ、霞ノ小源太一党を捕まえてない。お弓さんを番所に引ったてて行ったら、それを知った霞の一党が尻をまくって逃げてしまうよ」

卯之吉はお弓の顔をじっと見つめた。

「お弓さん、爛堂先生たちは、いつ、ここに押し寄せてくるんだえ？　そいつを教えちゃあもらえないか」

四

卯之吉は奉行所へ戻った。

　お弓の話では、明日の夜、霞の一党が白滝屋に押しこんで来るという。一刻も早くこの話を上司に伝えて、捕り方の手配をしてもらわねばならない。三右衛門を白滝屋に残してお弓の身を預けると、銀八だけをともなって夜道を急いだ。

　門のところで村田銕三郎と出くわした。

「村田さん、ちょうど良かった。あのですね」

「邪魔だ、どけっ」

　殺気だった村田に突き飛ばされた卯之吉は「あーれー」と悲鳴を上げ、クルクルと身を回して転がった。

「だ、大丈夫ですかい、若旦那」

「ああ。乱暴なことをするね」

　村田は小者たちを引き連れ、夜の市中に消えていく。

　卯之吉は起き上がると、着物の裾の汚れを払った。

「昨日もまた、霞の一党を取り逃がしたからねぇ。気が立っているのだろうよ」

「なにを他人事《ひとごと》みたいに」

　銀八は呆《あき》れ顔をした。

「霞の一党が白滝屋に押し込むことを伝えにゃならんのでしょうに」

「そうだねぇ。村田さんは行っちまったし、どうしようか」

卯之吉は、細い腕をこまねいて、「うーむ」と唸《うな》りながら首を傾《かし》げた。

「そもそもだねぇ。あたしなんかが『霞の一党の消息を摑みました』などと報告したところで、いったい誰が本気にしてくれるだろうかねぇ」

「そんな悠長なことを言っている場合ですかい。思案している間に白滝屋が押し込まれちまいますよ！」

卯之吉の異様な気の長さを熟知している銀八は他人事ながら焦《あせ》った。

「とにかく、どなたでもいいでげすから、奉行所の旦那衆に伝えましょうや」

「そうだねぇ。そうするかねぇ。あたしの手を離れちまえばいっそ気が楽だ。こんな大事《だいじ》はあたしの手には負えないから」

卯之吉は身を屈めて脇門をくぐった。お供の銀八も続く。

同心詰所に向かおうとした時、奉行所の玄関の前で悄然《しょうぜん》と立ち尽くす沢田彦太郎の姿が、視界に飛び込んできた。

(おやまぁ。まるで幽霊みたいなお姿だね)

内与力の沢田彦太郎は、その職の重さや賄賂《わいろ》の多額さとは反比例して、貧相極まりない男だ。干物のように痩せていて、顔色が悪い。

それでも、張り切って仕事している時はそれとわかる。貧相で顔色が悪いなりにも生き生きとしている。しかし今夜はあまりにも窶《やつ》れて見えた。干物の幽霊というものが存在しているなら、きっとこのような姿をしているのに違いない、などと卯之吉は思った。

「どうなさいましたえ、沢田様」

卯之吉はヒョコヒョコと歩み寄って声をかけた。相手は仮にも内与力。町奉行の秘書兼官房だ。見習い同心などが気軽に声をかけて良い相手ではないのだが、そこは三国屋の若旦那育ちの卯之吉である。

銀八も「こんち、ご機嫌よろしゅう」などと相も変わらず空気を読まない、軽々しい挨拶をした。

沢田は顔を上げて卯之吉を見た。皺《しわ》だらけの顔で、実年齢より十歳は老けて見える。弛《たる》んだ下瞼の下に黒々と隈《くま》までこさえていた。

「お前か……」

沢田は卯之吉を一瞥《いちべつ》すると、深いため息をもらした。そのあまりに痛切な傷心ぶりに卯之吉と銀八は思わず目と目を合わせてしまった。

「どうかなさったんですかい旦那。ははぁ、さてはご執心の芸者のお姐《ねえ》さんに袖にされちまいやしたか」

銀八に無責任に話しかけられても、「ううむ……」などと唸ってばかりだ。

「なにがあったのかは知りませんけど」

卯之吉はもっと無責任に言った。

「どうですかね。これから吉原にでも繰り出して、パーッと憂《う》さ晴らしでも」

「吉原か……。うむ、それも良いかも知れぬなぁ……」

一体全体、この真面目一方の仕事人間になにが起こったのか。

沢田は嘆息して夜空を見上げた。

「わしにはもう先がないかも知れぬ。いや、今すぐ死ぬとか不治の病だとかいう話ではなく、役人としてだな、先行きが閉ざされた思いだ」

「なにがあったんです」

「お奉行にな、お叱りを蒙った。……ついにな、評定所において、霞の一党の跳《ちよう》梁《りよう》跋扈《ばつこ》が問題にされたようなのだ」

評定所とは、老中、寺社奉行、町奉行、勘定奉行、目付らが臨席して評議する幕府の最高会議のことだ。市中を荒らす盗賊の暗躍が、ついに、老中の耳にまで達したものらしい。

「老中様方は、お奉行の罷免《ひめん》まで匂わせたらしい。お叱りを受けたお奉行がお戻りになるなり、わしを呼びつけてお叱りに……」

上から下へとお叱りが伝達されるわけである。

「このままではお奉行は罷免、……その前にわしは放逐だ。一刻も早く霞の一党を捕縛せねばならん。さもないと、わしもお奉行も破滅だ！」

「ははぁ、なるほど。だから村田様は、お顔の色を変えてすっ飛んで行ったのですね。……しかし、捕縛のあてはあるんでしょうかねぇ」

「ない！　雲を摑むような話だ。それなのにお奉行は、近日中に捕縛が叶《かな》うなどと、口からでまかせを、つい老中様方に……、ああ、どうしたらいいのだ！」

「なんだ。そんなことでしたら、あたしが」

江戸一番の札差で両替商で、さらには高利貸しでもある三国屋には、老中の家宰までもが金を借りに来る。三国屋から借りた金を幕閣の要路に撒《ま》いて、老中の座を射止めた者もいた。それらの老中たちに三国屋経由で働きかければ、奉行の失態はなかったことになり、罷免も取り消されるに違いない。

と言ったら、「そうじゃないでしょ」と銀八に袖を引かれた。

「ああ、そうだった。沢田様、霞の一党のことでしたら、あたしが調べを付けてまいりましたよ」

「なんじゃと」

沢田が目を剝いた。瘦せた顔の中で目玉だけが大きく見開かれて、卯之吉を凝視している。

「霞の一党の調べがついた、だと？」

「はぁ。霞の一党は、明日の夜、因幡町の油問屋、白滝屋に押し込みをかけて参ります。そこを待ち構えれば一網打尽かと……」

「なんじゃと！　その話詳しく、もっと詳しく申せ！」

卯之吉が話して聞かせるにつれて、沢田の顔に血が昇りはじめた。もっともそれはいつも通りの青黒い血の色だったのだが、とにもかくにも生気が戻った。

「お奉行に知らせて参る！」

沢田は身を翻《ひるがえ》すと奉行所内に戻った。

「それでね、沢田様。霞ノ小源太の正体なんですけど、それは爛堂という町医者で」

「もう行っちまいましたぜ、若旦那」

「困ったねぇ。まだ話の途中だったのに」

「若旦那が悠長にダラダラと喋っているからでげすよ」

気の短い江戸の人々は、卯之吉特有のお経のような話し方にはついてこれない。適当に早合点して去って行く。

「なあに。すぐにお奉行様の前に呼び出されてでげすな、『これ八巻。余の前で今一度申せ』などということになるでげすよ」

「ま、明日捕まえれば、爛堂さんのことは嫌でも明るみに出るのだしねぇ」

卯之吉はもう、どうでも良いような気分になった。これで白滝屋の件は自分の手を離れた。

「眠い……。あたしは帰って寝るよ」

目を擦《こす》りながら奉行所の脇門から出た。

「お奉行様のお呼びを待たなくてもいいんで？　ねぇ、若旦那ったら」

翌日。町奉行所に大捕り物の触れが出された。捕り物を指揮する当番与力が選出され、同心や捕り方たちに通達が出された。奉行所は緊張感に包まれた。

そんな中、卯之吉はポツンと火鉢の前に座り、一人で茶を喫していた。

銀八の予想に反して奉行からの呼び出しはなかった。どうやら沢田は、卯之吉から聞き出した話を全部、自分で調べたことにしたうえで、報告したらしい。

それでも別に卯之吉は憤ったりはしなかった。奉行の前に呼び出されることのほうが気が重い。

同心や捕り方は「沢田様のお調べだ」「沢田様が仕切ってくれるのならなによりだ」などと口々に言い交わしている。沢田彦太郎は町奉行個人の家臣であるから実質的に、町奉行本人の探索という扱いになっている。

そんな次第で南町奉行所全体が大車輪で回転している。これほど大がかりに網を張れば、万が一にも取り逃がすということはあるまいと思われた。

「良かったねぇ」

などと卯之吉は呟いた。

誰からも信用されていない見習い同心の自分が、ことの次第を上役同心に伝えたところで半信半疑、いい加減な扱いを受けてしまい、結果として、霞の一党を取り逃がす結果となったことだろう。そういう意味では好ましい展開である。などと卯之吉は、いたって恬淡《てんたん》に考えていた。

「さて、そろそろあたしも」

卯之吉はやおら腰を上げた。同心詰所の奥に向かう。

村田鉄三郎を筆頭にして、尾上伸平や玉木弥之助たちが捕り物出役の装束に着替えていた。鎖帷子《くさりかたびら》の上に白衣の小袖を着け、腕には手甲を、臑《すね》には鉄の臑当てを巻いている。

「なんだいお前《め》ェは」

卯之吉が入って行くと、村田が邪魔だと言わんばかりに声を掛けてきた。

「いえね、あたしもご一緒しようかと」

村田は苦み走った眉間を寄せて噴き出した。顔の上半分が怒っていて、下半分が笑っているという不思議な面相だ。

「お前ェみてぇな半人前の出る幕じゃねぇ。すっこんでろ」

他の同心たちが一斉に笑った。その笑いの半分は卯之吉への嘲笑《ちょうしょう》であり、半分は村田への追従《ついしょう》だ。

村田は続けた。

「この捕り物が、お前ェの摑んできた調べによるものだってんなら、連れて行ってやらねぇでもないが、コイツは沢田様の摑んだヤマだぜ。万が一にも失敗は許されねぇ。ほらほら、半人前はとっとと帰《け》ェりな」

「はぁ、そうですか」

卯之吉はすごすごと退散した。

することもないようだし、夕七ッの引け時になったので、同心詰所をでた。

銀八が腰を屈めてやって来た。

「困ったねぇ」

「何がですかい」

「またしても、爛堂先生の話をしそびれちまったよ」

「さいで」

「爛堂先生の診療所にも、手を回しといたほうが良いと思うんだけどねぇ」

「いっそのこと、本当の話を全部ぶちまけちまったらどうです」

しかし、ここで本当の話をしたら、手柄を独り占めしようとしている沢田の面目が丸潰れだ。

それは可哀相だ、と卯之吉は思う。沢田はなんといっても、自分を同心にしてくれた恩人だ。……同心になぞ、なりたくてなったわけではないが。

「それに第一、あたしなんかが何かを言ったところで、本気にしてもらえるはずがないだろうよ」

村田は聞いてくれないだろう。となれば奉行に直訴するしかないが、そんな気力や気迫は卯之吉にはない。

「ああ、困ったなぁ」

卯之吉は夕焼け空に向かって情けない声を上げた。

五

「本当に来るのか？」

蓋《ふた》をして明かりを隠した龕灯《がんどう》を前にして、玉木弥之助は悪態をついた。ついさっき、晩九ッ（深夜零時）の鐘が鳴った。白滝屋の庭に身を潜めているのだが、藪《やぶ》蚊にたかられてたまらなかった。

三十を過ぎているというのに柔らかな餅肌で、おまけにふくよかに肥えている。それで玉木は蚊に好かれる。払っても払っても慕い寄ってくる。ピシャリと潰し、手のひらに広がった自分の血を見てウンザリとした。

「沢田様のお調べだってんじゃ、頼りないよなぁ」

もっと頼りない自分を棚に上げて毒づいた。内与力の沢田の面目を保つために南町総出で出役してきたが、はたして本当に、あの内与力の調べなどに信憑《しんぴょう》性があるのだろうか。

それでも緊張しきって小半時（三十分）ほど過ごした時、ガサリと庭木の枝が揺れて、捕り方の小者が現れた。

「来ました。霞の一党です」

小声で伝えて、身を屈めたまま小走りに通りすぎて、屋敷の奥に行ってしまった。屋敷内に潜んだ捕り方たちにも伝えに走ったのであろう。

（えっ、本当に来たのか）

意外の感を隠せないところだったが、玉木はすぐに、気を引き締めて覚悟を固めた。

今宵《こよい》こそ必ずお縄にしてくれん。と、玉木は奥歯を噛みしめる。もっとも玉木の掛は龕灯の明かりで照らすだけなのだが、それでも万が一こちらに逃げてきやがったら、腕に覚えの剣術（あくまでも玉木の主観）で一刀両断にしてくれよう、などと心意気だけは勇ましく身構えた。

爛堂こと霞ノ小源太は、自分たちが見張られているとも知らずに、白滝屋の裏口にたどり着いた。

弥二郎と丑蔵が連れてきた盗人が身軽に前に出る。松太郎《まつたろう》という名の軽業崩れだ。お弓が仕掛けたカラクリを器用に操って、門や落とし猿を外した。扉が音もなく開いた。爛堂が頷く。身を屈めた松太郎が裏庭に潜入した。

玉木は焦燥《しょうそう》しながら待ち続けている。

庭の中や屋敷内には南町の精鋭が身をひそめている——はずである。しかし、なんの物音も、息づかいさえも聞こえて来ない。（さすがは手練《てだれ》揃いの南町）などと我がことながら誇らしくなった玉木だが、あまりの静けさに、急に心細さが湧いてきた。

本当になんの気配も伝わって来ないのだ。これから盗賊の一味が来るというのに。

（もしかしたら、みんなで持ち場を離れているのでは……）

などと疑心にかられた。万が一そうだったとしたら大変だ。自分一人で盗賊どもと対決しなければならなくなる。

まさかと思うが村田さんたちは、夜食でも食いに行っているのではないだろうか、もしそうなら霞の一党の襲来を告げてまわったほうが良いな、などと考え、潜んだ場所から這《は》い出ようとした。

危うところであった。霞の一党の到着がほんの少し遅かったら、庭の真ん中に這い出た玉木の姿は、盗賊どもの視界に丸見えになっていたであろう。

音もなく裏口の木戸が押し開かれた。玉木はギョッとして、這い出そうとした姿のまま、固まった。

目だけを木戸のほうに向ける。木戸口から黒覆面の男がこちらを覗きこんでいた。

玉木の心ノ臓が早鐘のように打った。一瞬にして溢れた冷や汗が満面をダラダラと伝わった。

幸い、玉木の姿は盗人の目には映らなかったようだ。盗人は背後に隠れた仲間に合図を送った。

音もなく盗賊の一団が忍び込んでくる。玉木は全身を震わせながら目を見開いて、(一人、二人、三人……)と数えた。

合計十二人の盗人が白滝屋の庭に押し入ってきた。先頭の男が屋敷の雨戸に近寄って、指で戸板をコッコッと叩いた。

雨戸が中からそっと開く。微《かす》かな明かりが漏れ出してきた。

それは盗人を屋内に引きこむ罠だったのだが、盗人どもの目には、引き込み役のお弓の仕業だと映っただろう。盗人の頭目らしい男が貫禄たっぷりに頷いた。

そして顎をクイッとしゃくって、配下の者を屋敷の中に忍び込ませた。

（今だ！）と、玉木は確信した。逸《はや》る心を抑えかねて絶叫した。

「霞ノ小源太と一味の者ども！　御用だッ」

龕灯の蓋を開けて光を浴びせかける。曲者《くせもの》どもの姿が照らし出された。夜道の暗さに目が慣れていた盗人どもは目を眩《くら》ませて顔を腕で覆った。

「畜生ッ！　こいつは罠ですぜ！」

盗人の手下の叫び声が聞こえてきた。見苦しくうろたえきっている。痛快な光景に嬉しくてたまらず、玉木は奇声を発して、その場でピョンピョンと飛び跳ねた。

白滝屋の奥座敷の雨戸が内側からバアンと蹴り破られた。白鉢巻きも勇ましい捕り物出役姿の村田が十手を突きつけて吠えた。

「霞ノ小源太一党！　神妙に縛につけ！」

「畜生ッ！　お弓のやつ、裏切りやがったな！」

盗人の手下が吠えた。

村田が答えた。

「夜燕のお弓はすでに捕縛した。お前たちの企みはすべて露顕いたしたぞ！　悪あがきはやめて、おとなしく縄を打たれるが良いッ」

「ふざけやがって！」

軽業崩れの松太郎が匕首《あいくち》の鞘を払って突進した。

村田は十手を鋭く振るった。松太郎の手首を打つ。匕首は一撃で叩き落とされた。

「ぎゃあっ！」

哀れ、松太郎は腕を折られて悶絶《もんぜつ》した。

捕り物出役の長十手は、市中見廻りで携帯している十手よりも遥かに大きくて重く、実戦向きだ。一刀流の達者でもある村田の一撃をくらえば骨まで砕けてしまう。

「落ち着け」

爛堂が低い声で配下に言い聞かせた。

「捕り方は小勢だ。この場さえ切り抜ければ逃げられるぞ」

屋敷の中は障子も調度品も取り外されて、屋内で格闘ができるようになっていた。最初の手筈では盗人を全員屋敷内に引きこんでから捕り物を始めるはずだったのだが、功を急いだ玉木の勇み足でぶち壊しになってしまった。

こうなったら裏庭で大立ち回りをする他にない。しかし、屋敷内にくまなく配置された捕り方や同心たちは、すぐには駆けつけて来れない。この場は、村田の組と玉木の組、それぞれ座敷と庭に配置した数名の小者たちだけで戦わなければならなくなった。

大勢の捕り方を擁して、万全の態勢で待ち構えていたはずの南町奉行所は、この一瞬だけ、戦力が足りなくなってしまったのだ。

玉木は調子に乗って、龕灯を片手に、持ち場の築山から駆け降りた。裏口を封鎖しようと考えたのだ。

そこへ、雄叫《おたけ》びをあげて霞の一党が押し寄せてきた。

「ひぃいいいッ！」

恐怖に堪えかねた玉木は大切な龕灯を放り出してしまった。中の蠟燭《ろうそく》が消える。庭は漆黒《しっこく》の闇に逆戻りした。

これでますますわけがわからなくなった。霞の一党も南町の捕り方も、手さぐり状態で武器を振り回して、敵も味方も定かでないままに叩き合った。

「やめろ！　痛い！　俺だ！　打つな！」

捕り方の刺股《さすまた》で喉をグイグイと押され、さらには六尺棒で袋叩きにされ、玉木は悲鳴をあげた。

表庭からも、屋敷の中からも待機していた組が駆けつけてくる。いきなりの乱戦だ。南町の役人たちは本当に手荒だ。誰彼となくさんざんに打ち据えられて、玉木はひっくり返ってしまった。


(いったいこれは、なんとしたことだ)

夜道を駆けながら爛堂は、何度も何度も心の中で自問した。

(俺はどこでしくじりを犯したのだ。何故、町方に嗅《か》ぎつけられたのだ)

思い当たることが何もない。

背後を駆けているのは弥二郎と丑蔵の二人きりだ。盗人なりの仁義なのだろう。乱戦の中、身を挺して、お頭である自分を逃してくれた。この二人が助けてくれなかったら今ごろは縄目を受けていたに違いない。

他の配下はみんな捕まってしまったようだ。手塩にかけて育てた医工の弟子もいる。皆々自分を信じてついてきてくれた者たちだ。爛堂の胸は痛んだ。

「どうします？　お頭」

丑蔵が不安そうに訊ねてきた。爛堂は答えた。

「まだ、わしたちの正体は気づかれていないだろう。いったん診療所に戻ろう。書き溜めた台帳を取って来なければならぬ」

今で言うカルテのことで、診療記録は医者にとってなによりの財産である。弟子たちに伝えることで後世の医術の発展にも寄与される。

弥二郎が思案顔を寄せてきた。

「しかしお頭、お弓の姐御がとっ捕まってるんですぜ？　姐御が吐いちまっていたら診療所にも捕り方が手を回して――」

「お弓は、そんな女ではない。それに、どこに逃げるにしても、最低限の金がなくては話になるまい」

丑蔵も口を挟んできた。

「こういう時は尻をまくって逃げちまったほうがいいんでさあ。金のこたぁ忘れやしょう。お頭とあっしら二人が組めば、街道筋で道々、荒稼ぎができやすから。路銀の心配は要らねぇですよ」

「わしが医術を続けるためには、どうしても台帳が要るのだ。わしにはあの台帳が必要なのだ」

爛堂の目は、狂的に血走っている。

「捕まった弟子たちに報いるためにも、わしは医術を一からやり直すのだ！」

三人は、裏の小道を伝って診療所の前に出た。

「ほうれ見ろ。誰もおらぬではないか」

爛堂は安心して戸口に手をかけようとした。その時、

「お、お頭……」

丑蔵が情けなさそうに声を洩《も》らした。恐怖と諦めのいり混じったような視線を向けた夜道の先には、痩身の黒巻羽織の同心が立っていた。

「八巻……。やっぱり手前《てめ》ェか……」

弥二郎も半ば絶望しきった顔つきで呟く。

「八巻……。南町の人斬り同心か」

誇張されまくった噂を弥二郎たちから聞かされていた爛堂は、いつでも逃げ出せるように身を低く構えながら、その同心と対峙した。

同心は常夜灯に歩み寄って、手にした提灯《ちょうちん》に火を移した。南町奉行所の御用提灯が明るく光を放つ。同心の顔を照らし出した。

爛堂は愕然とした。

「お前は！　松井春峰先生のところの――」

「あい。春峰の弟子の、卯之吉でございます」

「どういうことだ。いったい、どういうことなのだ」

卯之吉は困り顔をした。

「騙すつもりはなかったんだよ。本当さ」

「そうか！　隠密廻同心か！」

爛堂は覚《さと》った。確かにこの同心は、悪党どもが恐れ憚《はばか》る通りの切れ者だった。とっくの昔に自分と、この診療所は、八巻によって嗅ぎつけられていたのである。

（しかも単身、一味の根城に乗り込んでくるとは……）

大胆不敵にもほどがある。よほどに度胸の据わった男だ。爛堂を前にしてもまったく動ぜず、飄々《ひょうひょう》と町医者を演じきったのだから。

と、これらは全部誤解なのだが、爛堂はそう信じてしまった。それ以外に考えようがなかったからである。

同心八巻は悠然と構えている。三人がかりで襲いかかればあるいは、などと一瞬考えた爛堂だったが、あまりにも余裕たっぷりな卯之吉の姿に飲まれてしまって身動きができない。ほんの少しでも身動きすれば、その直後に悪評高い凶刃で一刀両断にされてしまいそうだ。

さらには尻端折りした男まで駆けつけてきた。こちらも油断のない物腰だ。

男はチラッと八巻に頭を下げた。

「この場は自身番の番太郎と、あっしの手の者で囲んでありやす。取り逃がす心《しん》配《ぺ》ェはごぜぇやせん」

爛堂ですら、この大親分の顔は見識っていた。荒海一家を構える三右衛門だ。

その三右衛門がドスの利いた嗄《しわが》れ声で決めつけてきた。

「やい、もはや逃れようもねぇ。おとなしく縛につきやがれ！」

一喝された弥二郎と丑蔵は、完全に戦意を喪失してヘナヘナと腰を抜かしてしまった。

爛堂もおとなしく膝をついて、無言で両腕を差し出した。

まるっきりの完敗である。医工の腕で勝てず、捕り物でも敗れた。これ以上ジタバタしても、恥をさらすばかりである。

「おう、いい了見だぜ。……もっともオイラは旦那の太刀捌《さば》きを近くで見たくてウズウズしていたんだけどよ。少しぐらい、手向かいしてくれても良かったんじやねぇのかい？」

三右衛門が捕り縄を解きながら歩み寄ってきた。

「そんじょそこいらの同心様じゃねぇ。南の八巻様のお縄にかかるんだ。悪党冥利《みょうり》に尽きると思いなよ」

爛堂と二人の手下は雁字搦《がんじがら》めに縛られた。旦那の卯之吉とは違って、手下の三右衛門は極めつきの不器用だ。ただただ力任せに締め上げられた。

三右衛門は呼子笛を高らかに吹き鳴らした。町を取り囲んでいた番太郎たちが走ってきて、三人を引っ立てて行った。

六

卯之吉は白滝屋に向かった。

すでに同心や捕り方たちは引き上げた後で、土足で踏み荒らされた座敷には惣次郎と若旦那の七之助、白滝屋後見人の金右衛門だけが座っていた。

そこへズカズカと沢田彦太郎が踏み込んできた。陣笠を被り、火事羽織と野袴を着け、手には馬上鞭を持った厳《いか》めしい姿だ。

「おう、八巻か。出役大儀であった」

卯之吉の手柄を横取りした疚《やま》しさなどまったく感じさせない上機嫌ぶりで声をかけてきた。卯之吉は庭で一礼する。

座敷に座った白滝屋の者たちが居住まいを改めて、沢田に向かって深々と低頭した。

沢田は床の間を背にして立ちはだかって、柄に似合わぬ大声を放った。

「霞の一党は、この沢田彦太郎が采配によって、一名余さず召し捕ったり！」

一同を代表して、油問屋行事の金右衛門が挨拶した。

「ご祝着至極に存じあげまする。さすがはお奉行様の股肱《ここう》と尊称される沢田様。その炯眼《けいがん》には我ら町人一同、畏《おそ》れ入って声も出ぬ有り様にございまする」

「うむ！」

「さらには白滝屋をお救いくださいましたこと、なんと御礼を申して良いものやら、まったく言葉も見当りませぬ」

「うむ。そのほうどもも無事でなによりじゃ。……ム、内儀のおトキだけは残念だったが」

「は、そのことでございまするが……」

沢田は皆まで言わせず、誇らしげにのたまった。

「引き込み役の弓なる悪女が白状いたしたぞ！　内儀を殺したは弓じゃ。引き込み役として潜り込むのに不都合だったので殺害いたしたと、大番屋で白状いたしおったわ」

「なんと……！」

金右衛門、惣次郎、七之助が、同時に驚愕し、互いに顔を見合わせた。

ぎこちない空気が座敷を満たしたが、沢田はまったく感じていないらしく、なおも得意満面に続けた。

「弓なる女、霞の一党の許に参じる前は、東海道筋で散々に鳴らした悪女であるらしい。いやはや、恐ろしい話じゃ。余罪ことごとく吟味の上、獄門台に送ってくれようから、そのほうどもは安心するが良い」

「それは……」

海千山千の金右衛門も絶句する。七之助は胸を押さえて顔を伏せ、すすり泣きを始めた。

惣次郎が挨拶の声を絞り出した。

「有り難き、幸せに存じまする……」

沢田は満足げに顔を上げた。

「それではの。わしは一党を吟味せねばならぬ。ああ、忙しい夜じゃ」

そう言い残すと跳ねるような足どりで去って行く。金右衛門が表通りまで見送りに出た。

座敷には惣次郎と七之助が残された。

卯之吉は沓脱《くつぬ》ぎ石で雪駄《せった》を脱いで、座敷に揚《あ》がった。

「みんな、無事だったようだね」

七之助は身も世もなく泣いている。惣次郎は姿勢を正して平伏した。

「これも皆、八巻様のお陰でございます」

「よしておくれな。あたしは何もしていないよ」

卯之吉は腰を下ろした。七之助が顔を上げ、涙に濡れた目を向けてきた。

「お訊ね申し上げます」

「なんだえ」

「手前の母は、どのようなお仕置きを受けるのでしょうか」

卯之吉は暗然とした。頭の中を、様々な思いがかすめていった。こんな嫌な思いをさせられるのなら役人なんぞになるんじゃなかった、と、心底から思った。

「……十両盗めば首が飛ぶのが御定法さ。おまけに、おトキさんを殺したと自白したんだ、どうあっても獄門は免れまいねぇ」

七之助は泣き崩れた。せっかく再会できた実の母だというのに、こんな非情な結末が待っていようとは。

惣次郎も慙愧《ざんき》の念に耐えかねて、俯いたまま身を小刻みに震わせた。

「八巻様のお陰で、白滝屋の暖簾を七之助に継がせることができます……」

「あたしのお陰じゃない。お弓さんのお陰だろうさ」

七之助は再び泣き崩れ、惣次郎は顔を伏せた。

「それじゃ、あたしはこれで失礼するよ」

卯之吉が腰を浮かすと、惣次郎が慌てて膝行《しっこう》してきた。

「八巻様、今夜こそは、これをお受け取りください」

と、二十五両の包み金を四つ、差し出してきた。

卯之吉は断ろうとしたが、思い直して受け取った。爛堂が養っていた病人を別の医工に預けるのには金が要る。

「ありがたく頂戴しておくよ」

懐に入れると、後も振り返らずに庭に出た。裏木戸をくぐって八丁堀の屋敷に戻った。

終章

一

「本当にこれで、良かったのかねぇ……」

卯之吉が苦い顔つきで呟《つぶや》いた。

「なんの話だ」

龍山白雲軒が横目で聞き返した。

白雲軒の診療所は今日も閑古鳥《かんこどり》が鳴いている。爛堂の診療所が潰《つぶ》されたのだから、病人や怪我人が戻って来てもいいはずなのだが誰も来ない。風通しの良すぎる馬小屋に、空しい風が吹き渡っているばかりだ。真っ昼間の陽光がかえって侘《わび》しさを強調させていた。

「人間というものは、一度、安い値つけに慣れてしまうと、同じ価値を持つものに高い金は出さなくなるのだ」

というのが、白雲軒の見立てであった。

卯之吉は町人姿になって、白雲軒の診療所を訪れたのだ。三太を預かってもらった礼金を払うと、白雲軒は一転、上機嫌になった。

上機嫌になった白雲軒は昼間から酒を飲んでいる。「することがないから構わんのだ」などと道理の通らぬことを言った。

飲んでいるのは治療に使うはずの焼酎だ。「放っておいてもすぐ気が抜ける。飲んでしまうのが一番だ」というのが理屈であった。

「お前も飲め」

と盃代わりの丼を渡された。どうやら自棄《やけ》酒であるらしい。

「それでなんの話なのだ。お前が憂《うれ》い顔をするとは珍しい」

「あたしにだって憂《う》さはあるさ」

丼を口に含んで顔をしかめた。

「不味《まず》いよ、このお酒」

白雲軒は慣れているのか、かまわずに呷《あお》った。

卯之吉は丼を両手に持って、肩を落とした。

「爛堂先生をね、お縄にしたことが、どうしても胃の腑に落ちて来ないんだよ。あのお人がやったことが、そんなに悪いことなんだろうか、とね」

卯之吉は町人姿だし、町奉行所の同心であることは隠している。あくまでも第三者による批評、あるいはお上に対する批判のように白雲軒には聞こえただろう。

「あやつがしたことは、悪いことなのだ」

白雲軒は赤い顔をしてオダをあげた。

「そうだろうか」

「そうだとも。これ以上の悪行はない、というほどの悪行だ」

「でも、爛堂先生の手で、大勢の貧しいお人が救われたのは事実だよ。お足を持っているのに、貯め込んでいるだけの金持ちも悪いじゃないか」

「そうではない。善行を為すために、悪事を働いたことが、いけないのだ」

白雲軒は、真面目な顔をして首を振った。

「悪事のために悪行を働くのなら問題はない。誰の目にもそいつは悪党だとわかるからな。しかし爛堂は一見したところ善人だ。こういう人間を目の前にすると、人々は、『善意のために道を踏み外したのだから、大目に見てやるべきなのではないか』などと考える。これが良くない」

「良くないかねえ」

「良くない」

白雲軒は断言した。

「目的が善なのなら、少しぐらい悪を為しても許されるべきだろう、などという風潮が世に広まったら、世の中は善意による悪行によって破壊されてしまう。悪意による悪行なら誰の目にも悪だと映る。皆で糾弾し、お上も取り締まるから心配ない。しかし、善意からくる悪行は、一見、善行に見えるから恐ろしい。善意の悪行を放っておけば、いつしか社会は悪によって蝕《むしば》まれ、人は生きてゆけなくなる」

卯之吉はポカンと口を開けた。

「由三郎さん、いつの間に経世家におなりかえ」

「いや、なに……」

白雲軒は己の雄弁を恥じた顔つきで頭を掻《か》いた。

「医に従事して学んだことさ。誰の目にもわかる大病は、医工も本人も必死で治そうとするから、意外とこれでは死なぬものだ。逆にな、放っておいても良さそうな病《やまい》が大きくこじれて患者は死ぬ」

「そんなものかえ」

卯之吉は丼の焼酎を一息に飲んだ。

やはり、苦い酒だった。

二

「若旦那、若旦那、大変でげすよ！」

夕暮れ時。奉行所の詰所に銀八が血相をかえて乗り込んできた。

「どうしたえ、お前。そんなに慌てて」

卯之吉は濡れ縁まで出て、庭先に立つ銀八を迎えた。銀八は額の汗を拭いもせず、唇を尖らせて続けた。

「あの旦那が、大黒屋に乗り込んで、菊野太夫を呼べと管《くだ》を巻いてるんでげす」

「あの旦那ってのは誰のことだえ」

銀八は白扇を広げると、他聞を憚《はばか》るようにして口を寄せてきた。

「内与力の沢田様でござんすよ」

「ええっ？」

あの、生真面目一方の役人が吉原一の遊女を買おうとするとは。いろいろな意味で呆《あき》れて物も言えない。

「それにしても、いきなり太夫を呼べってのは……」

郭の仕来りを知らないのにもほどがある。野暮もここまで来るとむしろ珍重すべきものなのではないのか。

「悪い遊びを教えたのは若旦那でげしょ？　とにかく、皆さんお困りなんでやんすから。ここは若旦那にご出馬を願わないと」

「なんで、そういう話になるんだえ」

とにもかくにも放ってはおけない。奉行所を飛び出した卯之吉は、猪牙舟《ちょきぶね》を雇って酒手を弾み、全速力で吉原へ向かった。

双葉文庫

は-20-02

大富豪同心《だいふごうどうしん》
天狗小僧《てんぐこぞう》

2010年4月11日　第1刷発行

【著者】
幡大介《ばんだいすけ》

【発行者】
赤坂了生
【発行所】
株式会社双葉社
〒162-8540 東京都新宿区東五軒町3番28号
［電話］03-5261-4818(営業)　03-5261-4833(編集)
http://www.futabasha.co.jp/
(双葉社の書籍・コミックが買えます)
【印刷所】
慶昌堂印刷株式会社
【製本所】
株式会社ダイワビーツー

【表紙・扉絵】南伸坊
【フォーマット・デザイン】日下潤一
【フォーマットデジタル印字】飯塚隆士

ISBN978-4-575-66440-9 C0193
Printed in Japan

秋山香乃
伊庭八郎幕末異聞
士道の値《あたい》
長編時代小説〈書き下ろし〉
江戸の町を震撼させる連続辻斬り事件が起きた。伊庭道場の若き天才剣士・伊庭八郎が、事件の探索に乗り出す。好評シリーズ第二弾。

芦川淳一
おいらか俊作江戸綴り
雪消水《ゆきげみず》
長編時代小説〈書き下ろし〉
昌平店に男児を背負った盗人が紛れ込んできた。聞けばこの子、武家の若君で、なにか事情がある様子。俊作は屋敷に送り返そうとするが。

稲葉稔
不知火《しらぬい》隼人《はやと》風塵抄
疾風《はやて》の密使
長編時代小説〈書き下ろし〉
剣と短筒を自在に操り、端正な顔立ちで女たちを虜にする謎の浪人・不知火隼人。その正体は将軍の隠し子にして、幕府の密使だった！

今井絵美子
すこくろ幽斎診療記
寒さ橋
時代小説〈書き下ろし〉
御典医に飽き足らず、施薬院を営む傍ら石川島の人足寄場医師として奔走する〝すこくろ幽斎〟こと杉下幽斎。だが、今日もまた死人が……。

風野真知雄
若さま同心　徳川竜之助
弥勒《みろく》の手
長編時代小説〈書き下ろし〉
難事件解決に奔走する徳川竜之助に、「人斬り半次郎」と異名をとる薩摩示現流の遣い手中村半次郎が襲いかかる。大好評シリーズ第九弾。

風野真知雄
若さま同心　徳川竜之助
風神雷神
長編時代小説〈書き下ろし〉
左手を斬り落とされた徳川竜之助は、さびぬきのお寅の家で治療に専念していた。それでも、持ち込まれる難事件に横臥したまま挑む。

佐伯泰英
居眠り磐音《いわね》　江戸双紙 31
更衣《きさらぎ》ノ鷹（上）
長編時代小説〈書き下ろし〉（上）
佐々木磐音と槍折れの達人小田平助は、研ぎ師の鵜飼百助邸を訪ねるが、両国橋で予期せぬ襲撃を受け……。シリーズ第三十一弾。

著者	シリーズ・タイトル	種別	内容紹介
佐伯泰英	居眠り磐音 江戸双紙 32　更衣ノ鷹（下）	長編時代小説〈書き下ろし〉	神保小路の尚武館道場に老中田沼意次の用人が現れた。用人が同道した武芸者らを嗾けたことで、磐音は真剣での檜舞台をなすことに……。
坂岡真	照れ降れ長屋風聞帖　福来	長編時代小説〈書き下ろし〉	隠密同心の雪乃が、深川三十三間堂の通し矢競べの射手に選ばれた。様々な思いを胸に、雪乃は矢を射る。大好評シリーズ第十三弾。
鈴木英治	口入屋用心棒 15　腕試しの辻	長編時代小説〈書き下ろし〉	妻千勢が好意を寄せる佐之助が失踪した。複雑な思いを胸に直之進が探索を開始した矢先、千勢と暮らすお咲希がかどわかされかかる。
千野隆司	主税助捕物暦　玄武艶し	長編時代小説〈書き下ろし〉	辻斬りを目撃した冬次の女房おまちが命を狙われた。探索に当たった主税助は旗本の仕業だと睨むが、思わぬ壁に突き当たる。好評第八弾。
築山桂	家請人克次事件帖　秋草の花	長編時代小説〈書き下ろし〉	岡っ引きの安五郎と正蔵が何者かに襲われた。克次は、かつて自分が係わった事件に恨みを持つ者の仕業ではと睨む。好評シリーズ第四弾。
鳥羽亮	はぐれ長屋の用心棒　風来坊の花嫁	長編時代小説〈書き下ろし〉	思いがけず、田上藩八万石の剣術指南に迎えられた華町源九郎と菅井紋太夫に、迅剛流霞剣の魔の手が迫る！ 好評シリーズ第十七弾。
鳥羽亮	はぐれ長屋の用心棒　はやり風邪	長編時代小説〈書き下ろし〉	流行風邪が江戸の町を襲い、おののくはぐれ長屋の住人たち。そんな折、大工の棟梁の息子が殺され、源九郎に下手人捜しの依頼が舞い込む。

幡 大介

八巻卯之吉 放蕩記

大富豪同心

長編時代小説〈書き下ろし〉

江戸一番の札差・三国屋の末孫の卯之吉が定町廻同心になった。放蕩三昧の日々に培った知識、人脈そして財力で、同心仲間も驚く活躍をする。

藤井邦夫

知らぬが半兵衛手控帖

雪見酒

長編時代小説〈書き下ろし〉

大身旗本の本多家を逐電した女中探しを命じられ、不承不承探索を始めた白縫半兵衛。本多家の用人の話に不審を抱きながらも、消えた女の行方を追う。

藤原緋沙子

藍染袴《あいぞめばかま》お匙帖

漁《いさ》り火《び》

時代小説〈書き下ろし〉

岡っ引の彌次郎の刺殺体が神田川沿いで引き上げられた。半年前から前科者の女衒を追っていたというのだが……。シリーズ第五弾。

牧秀彦

江都《こうと》の暗闘者

甲賀の女豹

長編時代小説〈書き下ろし〉

江戸甲賀衆を弄して吉宗暗殺を企む徳川宗春を、決して許しておけない！ 怒りに燃えた白羽兵四郎は、大胆な行動に打って出る。好評シリーズ第六弾。

松本賢吾

平塚一馬十手道

黄色い桜

長編時代小説〈書き下ろし〉

同心・平塚一馬は、夢にまで見た定町廻り同心昇格のための十手比べとして、子ども拐かし事件を探索することになる。シリーズ第一弾。

和久田正明

鎧《よろい》月《つき》之《の》介《すけ》殺《さっ》法《ぽう》帖《ちょう》

桜花《おうか》の乱

長編時代小説〈書き下ろし〉

浅草雷門で無頼漢を撃退した鎧月之介。鮮やかな太刀筋は瞬く間に評判となるが、鎧を兄の敵と狙う男・伏見屋十次郎に見つかってしまう。

和田はつ子

鶴亀屋繁盛記

慈悲和尚

長編時代小説〈書き下ろし〉

慈悲和尚の異名をとる仏心寺の住職・清明が姿を消した。寺の蔵に隠されていた高価な品々が意味するものとは？ 好評シリーズ第七弾。